阿瑟·米勒 作品系列

After the Fall

堕落之后

阿瑟·米勒 著 郭继德 译

上海译文出版社

目　录

导言

美国戏剧的良心：阿瑟·米勒

在当代美国剧作家当中，自尤金·奥尼尔于一九五三年逝世后，最受西方重视的当属阿瑟·米勒、田纳西·威廉斯和爱德华·阿尔比三人。阿尔比属于荒诞派之列。米勒和威廉斯则接近现实主义，他俩都在探讨“人生意义”，但两人的创作方法迥然不同。威廉斯以《玻璃动物园》、《欲望号街车》和《热铁皮屋顶上的猫》三剧赢得了国际声誉，是一位斯特林堡式的作家；他侧重情感，注重剖析人的境遇和精神状态，而其笔下的人物也多半是精神上深受压抑或遭到社会排斥的底层人物。威廉斯力求通过剧作来揭示当代美国的社会病态，探讨人生的真正价值。米勒则以《推销员之死》、《萨勒姆的女巫》和《桥头眺望》等剧获得国际声誉，是一位易卜生式的社会剧作家；他着重理智，关怀整个人性。他认为舞台应是一个比单纯娱乐更为重要的传播思想的媒介，应为一个严肃的目标服务。

阿瑟·米勒本人曾说“艺术应该在社会改革中发挥有效作用”①，“伟大的戏剧都向人们提出重大问题，否则就只不过是纯艺术技巧罢了。我不能想象值得我花费时间为之效力的戏剧不想改变世界，正如一个具有创造力的科学家不可能不想证实各项已知事物的正确性”②。

一

阿瑟·米勒一九一五年十月十七日出生于纽约。父亲是犹太裔的妇女时装商，于三十年代初美国经济大萧条时期破产；母亲是中学教员，为此只好靠变卖她的首饰维持家庭生计，渡过难关。米勒中学毕业后到一家汽车零件批发公司工作了两年，积攒些钱后进入密歇根大学新闻系和英文系学习，开始试写剧本，并两次获得校

① 阿瑟·米勒：《时移世变》（自传），格罗夫出版社，第 93 页。
② 阿瑟·米勒：《时移世变》（自传），第 180 页。

内霍普沃德写作竞赛戏剧奖。在校内，他为了获得生活补助金，曾在生物试验室任养鼠员，并在学生主办的校园《日报》社担任记者和编辑。一九三八年，他获文学学士学位，从该校毕业后，一九四一年至一九四四年期间，他在一家制盒工厂干活，后又在海军船坞充当安装技工的助手，同时为哥伦比亚广播公司和全国广播公司撰写广播剧。他还当过卡车司机、侍者、面包房送货员、仓库管理员和电台歌手。一九四四年，他到陆军十一营为电影《大兵故事》收集素材，出版了报告文学《处境正常》，同年《鸿运高照的人》问世，这是他第一部在百老汇上演的剧本。

一九四七年，米勒的剧本《都是我的儿子》上演，获纽约剧评界奖，使他一举成名。这是一出易卜生式的社会道德剧，写一家工厂老板在第二次世界大战期间向军方交付不合格的飞机引擎的汽缸，致使二十一名飞行员坠机身亡。他嫁祸于人，虽然逃脱了法律制裁，却受到良心的谴责。最后他认识到那些丧命的飞行员“都是我的儿子”，遂饮弹自尽。

接着，《推销员之死》于一九四九年发表，在百老汇连续上演了七百四十二场，荣获普利策奖和纽约剧评界奖，从而使米勒赢得国际声誉。剧本叙述一名推销员威利·洛曼悲惨的遭遇。威利因年老体衰，要求在办公室里工作，却被老板辞退。他气愤地说："我在这家公司苦苦干了三十四年，现在连人寿保险费都付不出！人不是水果！你不能吃了橘子扔掉皮啊！"（剧中一直没有交代他在推销什么，有人问作者，他说："威利在推销他自己。"）威利在懊丧之下，责怪两个儿子不务正业，一事无成。儿子反唇相讥，嘲笑他不过是个蹩脚的跑街罢了。老推销员做了一辈子美梦，现在全都幻灭了，自尊心受到严重挫伤。他梦呓似的与他那已故的、在非洲发财致富的大哥争论个人爱好的事业，最后他为了使家庭获得一笔人寿保险费而在深夜驾车外出撞毁身亡。全剧手法新颖，无需换景，借助灯光即可随时变换时间和地点。剧中现在和过去的事相互交错。这出戏在一定程度上批判了美国的商业竞争制度。

五十年代初，米勒改编的易卜生的《人民公敌》上演，也获得好评。当时美国麦卡锡主义兴起，米勒于一九五三年根据北美殖民地时代的一桩株连无数人的"逐巫案"写出了历史剧《炼狱》，以影射当时非美活动调查委员会对无辜人士的迫害。这一时期，米勒因早期参与左翼文艺活动而屡次受到非美活动调查委员会的传讯。一九五七年，他因拒绝说出以前曾和他一起开过会的左派作家和共产党人的名字而被判“蔑视国会”罪，处以罚金和三十天徒刑，缓期执行，直到一九五八年八月上诉法院才将这一罪名撤销。这一时期，他还写了一出反映三十年代美国职工生活、带有自传性的感伤独幕剧《两个星期一的回忆》和一出反映意大利籍工人在美国的不幸遭遇的两幕悲剧《桥头眺望》。米勒于一九五六年和一九五九年先后获密歇根大学荣誉文学博士学位和美国全国文学艺术研究院金质戏剧奖章。

一九五五年米勒和妻子玛丽·斯赖特瑞离婚，次年与好莱坞名演员玛丽莲·梦露结婚。一九六〇年他把自己的一个短篇小说改编成同名电影剧本《乱点鸳鸯谱》，由梦露和克拉克·盖博主演。一九六一年电影拍摄完成后，两人因性格悬殊而离婚。一九六二年他与奥籍摄影家英格博格·莫拉斯结婚。

一九六四年米勒发表了一出反映现代人在社会上生存问题的自传性色彩相当浓厚的剧本——《堕落之后》。剧情是一名律师昆廷因两次婚姻失败，回忆他和两个离了婚的妻子之间的爱恨交织的关系，以及新近相识的奥籍考古学家霍尔佳给他带来恢复生活信心的希望。剧中还穿插了昆廷回忆自己的父母之间的纠葛，纳粹集中营的惨状和非美活动调查委员会对左翼知识分子的传讯。昆廷经过对生活经历的反思领悟到人类自从亚当犯了原罪堕落之后，就具有犯罪的本能和残杀成性、背信弃义等品质；人只认识到爱是远远不够的，更需要面对生活而无所畏惧。有些西方评论家认为米勒敢于暴露自己的灵魂而写出了一部意义深远的自传体文献，堪与奥尼尔的《长夜漫漫路迢迢》相并列而无愧。但是，剧中的当红歌星玛吉痛恨那些围在她周围的人只知让她为他们挣钱而丝毫不知感恩，并且影响她不能成为一名优秀的艺术家，加上她与昆廷结合后，因性格各异，时常发生顶撞，以致她厌倦生活，最后吞服安眠药自杀。玛吉俨然是玛丽莲·梦露的化身，剧情中也有多处可同米勒的往事相印证，因此有些西方评论家认为米勒在距离梦露死去不到一年半光景就把夫妇私情以戏剧方式赤裸裸地公之于世似嫌不符忠厚之道。例如剧评家罗勃特·布鲁斯就坦称此剧为“一个不足道的剧本，不匀称，冗长乏味而混乱”，并讥讽米勒是“在跳精神上的脱衣舞，而乐队却伴奏着‘是我的错’的节奏”。[1] 米勒本人认为这个剧本一时不易让人理解，但迟早会被公认为他的最佳之作。

同年，他还发表了一个独幕剧《维希事件》，进一步探讨了前一出戏的主题——人与他所憎恶的邪恶之间的关系，人类理智的沦亡和道义价值的丧失。这出戏描写德国法西斯分子在法国维希的一个拘留所里审讯犹太人时骇人听闻的情景。米勒认为大多数观众能理解这出戏不只是一个战争时期的故事，其中根本的争论点同我们当今活着的人息息相关，而且它必然涉及我们每个人同非正义和暴力之间的关系。

一九六五年至一九六九年，米勒连任两届国际笔会主席，曾多次投入拯救被关押的国内外同行的活动，如尼日利亚剧作家兼诗人渥雷·索因卡一九六六年曾被政府当局拘捕，有被处死的危险，就是经过米勒出面营救才得以获释的，后来索因卡在一九八六年荣获诺贝尔文学奖。

一九六八年，他发表的心理问题剧《代价》描写兄

---

①《新共和》杂志第150期，1964年，第26—30页。

弟俩因所走的道路不同而产生的隔阂，对当代西方人盲目追求物质生活的现象作了一定程度的谴责。一九七二年他发表的《创世记和其他事业》是一出以漫画手法重述《圣经》中亚当和夏娃以及该隐杀弟的故事。剧名中的“其他事业”涉及当今舞台上追求“噱头”的喜剧。该剧虽是一出轻喜剧，却在每场提出一个哲理问题，如“人在需要正义的时候，上帝为什么继续制造非正义”等。全剧可以说是上帝和撒旦之间关于善恶性质的一场争论，而以《创世记》故事阐明各自的立场。米勒以讽刺的笔触使魔鬼在两者之间显得更具魅力，有时像人类的普罗米修斯，有时又颇像人间狂暴的独裁者。此剧受到西方剧评家的攻击，仅上演了十二场。米勒对此不服，次年又把它改编成音乐剧《来自天堂》，在他的母校密歇根大学公演。米勒于一九七二年当选为民主党全国大会代表。

一九七七年，他发表了《大主教宅邸的顶棚》，剧情是东欧某个国家一位知名作家由于写了一封信给联合国谴责自己国家内部的弊端而要么流亡，要么等待以叛国罪受审。最后他决定留下来，把部分手稿委托一位美国作家朋友偷运出去，尽管那位朋友可能会遭到当局的逮捕。场景是一间曾是大主教宅邸的房间，剧中人都相信顶棚装有窃听器。米勒借此隐喻人对自己的命运无法确知，人际关系的复杂，以及人不可轻信他人。

八十年代初，米勒受美国作家斯特兹·特克尔《艰难的日子：一部关于大萧条时期的口述历史》（一九七〇）一书的启发，写出一部以三十年代美国经济大萧条为背景的社会剧《美国时钟》，目的是使年轻一代美国人了解美国那一段悲惨的历史。一九八〇年，他还把以色列歌唱家法尼亚·费娜隆的回忆录改编成了一部电视剧《为了生存的演奏》，内容完全依据历史事实：法尼亚·费娜隆是一位有一半犹太血统的法国艺人，二次大战中被关进奥斯威辛集中营，由于她是巴黎夜总会的名歌星，集中营的女管理员发现后把她编入由女犯人组成的乐队，为纳粹军官演出。费娜隆因此而得以避免葬身煤气室的命运。费娜隆在战后定居以色列，一九七八年出版了她的回忆录，此书曾轰动一时，各国犹太人团体都曾借重她作为希特勒迫害犹太人的见证，抗议纳粹势力的复苏。但该片由于让一位公开反对以色列而支持巴勒斯坦的美国女明星范尼莎·赖特格莱主演，引起犹太人抗议的风波，后经多方磋商，才得以播出。西方评论界基本上对该片予以肯定，认为它是一部揭露希特勒排犹罪行、为犹太民族伸张正义的电视剧。

一九七八年，米勒夫妇来华访问，同我国戏剧界同行切磋艺事，回国后出版了一本反映中国人民生活的图文并茂的《访问中国》。一九八一年，上海人民艺术剧院上演了由黄佐临同志导演，米勒自己推荐的《炼狱》（演出时改名为《萨勒姆的女巫》）一剧。一九八三年，米勒再度来华，亲自导演了他的名剧《推销员之死》，由北京人民艺术剧院上演，获得很大成功。一九八四年，他出版了《“推销员”在北京》一书，记述了他在北京执导《推销员之死》一剧的经过，阐述了他对戏剧的精辟见解。

一九八二年，他发表的两个独幕剧《某种爱情故事》和《献给一位女士的哀歌》没有引起西方戏剧界的重视。两剧后在英国以《两面镜》为书名于一九八四年出版。一九八七年，他又推出两部独幕剧《往事如烟》和《克拉拉》，以《危险：回忆!》为书名出版。这两出戏于一九八七年二月八日开始在林肯艺术中心上演，受到好评。《往事如烟》描写两位老人之间的故事。女主人公莉奥诺拉是个阔寡妇，当她看到当今文明世界充斥着野蛮暴行和狂言时，感到幻想破灭，一切无望，遂到苏格兰隐居，有意想把现实中的严酷事实从记忆中驱逐出去。一天，她回到康涅狄格州乡间拜访老朋友利奥，晚餐时两人发生了争执。利奥是个共产党人，坚持致力于他的政治事业，拒绝放弃信仰，对世界的未来充满希望。利奥同莉奥诺拉猜字谜时，诙谐地阐明了他对人类的看法，言谈中对她做出了巧妙的挑战。《克拉拉》一剧描写有关一起谋杀案的审讯。女社会工作者克拉拉被人暗杀，而凶犯又很可能是曾被她“平反昭雪”的罪犯之一，警察当局严厉盘问克拉拉的父亲，以图从他口中获取一些线索，但克拉拉的父亲始终对女儿的生活守口如瓶，不肯透露。剧中还穿插了对越南战争和大屠杀的回忆等等。米勒说，这两出戏写的是“人们力图忘记过去，以及人们有意为忘却痛苦而采取的办法，但是这有时又会使你感到如负重罪，痛苦难熬，压得你喘不过气来”。显然米勒写此两剧旨在揭示当今西方世界的复杂的人际关系以及频频出现的暴力现象。

一九八七年，米勒还发表了他的长达五十余万字的自传《时移世变》，对他所走过的漫长曲折而又丰富多彩的生活和艺术道路做了深沉的回顾和反思，随带着也对人生、社会和历史做出了严肃的思考。书中有一段记载他一九八四年荣获华盛顿肯尼迪艺术中心荣誉奖，出席国务院招待肯尼迪荣誉奖获得者的宴会，官方主人是乔治·舒尔茨国务卿。由于国务院餐厅正在翻修，临时改在坎农办公大楼一间餐厅里举行，米勒恍惚觉得以前曾经来过那间屋子，后来发现那正是当年非美活动调查委员会审讯他的那间屋子，使他不禁感慨万千。米勒写道：

看来唯一使我有所感的是一种讽刺意味：一想到当年就是在这间屋子里，热浪滚滚的煤气曾经朝我迎面扑来，真叫我觉得这种讽刺冰冷得像金属块一样。我环视那些兴高采烈的来宾，那位容光焕发、面带微笑的国务卿，以及其他几位获此殊荣的知名人士，再一次觉得自己是个朝里张望的局外人，甚至觉得这一切不像是真的。我料想这大概是因为我体验过当年那种冷酷无情的排斥，势必不会轻易地就在这样的典礼盛会上领受对我如此和谐的祝贺。不过，我还是能——怀着几分热情——享受这种兴高采烈的场面。也许我有一种幻觉，认为自己已经不再畏惧权势，已经跟它够接近了，足以认清权势所拥有的一切没有什么是我可要的。我以前对这个制度持续不断的善行所怀有的不少信念，现在也在内心泯灭了。在这两次场合中，唯一没有变化的是那面国旗，它如今挂在墙边的旗杆上面，也许就是当年挂在沃尔特议员脑袋后边的那一面；我回想起当时它如何叫我尽管放心，虽然我明白它对世间许多别人来说，象征着残酷的富裕和傲慢的蒙昧。但是，怎样才能在我这一生当中把这一切连贯起来呢？或许我只好满足于把这看成全是一场梦，一场不断流放和不断回归的梦吧。①

进入九十年代，米勒为避免他所谓的百老汇的“黑色失败主义”，开始在英国伦敦首演他一九九一年写的新剧《驶下摩根山》。剧中描述一个颇有声望的商人莱

① 阿瑟·米勒：《时移世变》（自传），第452页。

曼·费尔特驾车在摩根山上失事；他躺在纽约北部一家医院的病床上，他的两个妻子都去看望他，首次在病床边相遇，使他十分尴尬，从而在昏迷中进行反思，认识到自己所犯重婚罪的不可饶恕以及背叛行为的可耻。结局是两个妻子和他的子女都抛弃了他。评论界对此剧褒贬不一。米勒本想把此剧写成一部道德喜剧，却似乎没有达到预期目的。一九九三年和一九九四年，米勒又先后发表了独幕剧《最后的美国佬》和两幕剧《破碎的镜子》，进一步探讨了西方世界人与人之间的疏离、人的自我否定以及人对往事的遗忘等等事实。米勒在《破碎的镜子》一剧中再次以鉴古知今的手法提醒人们勿忘当年希特勒迫害犹太人的罪行，对当今法西斯主义复苏的趋势勿持旁观态度。此剧获英国一九九五年度奥立弗最佳戏剧奖。

二

一般认为，《推销员之死》、《萨勒姆的女巫》、《两个星期一的回忆》、《桥头眺望》和《美国时钟》为阿瑟·米勒比较主要的剧作。

《推销员之死》

《推销员之死》是米勒第一部获得普利策奖的成功之作，也是使他享有国际声誉的代表作。此剧虽获得许多嘉奖，受到观众欢迎，但是当时也遭到不少攻击。报刊上出现许多从政治、社会和心理角度评论它的文章。有的认为此剧虽有批判美国商业制度的意图，但其结果不过是描绘了一个小人物的潦倒失败而已。另一右派刊物称它为“一枚被巧妙地埋藏在美国精神大厦内的定时炸弹”。还有的把米勒看成是“一个被悲剧所迷惑的马克思主义者”，称此剧是“共产党的宣传”。美国《工人日报》也认为它是一出内容颓废的戏。西班牙上演此剧后，天主教派报刊甚至把它视为“不信仰上帝的灵魂遭到幻灭的明证”。①

但是，美国某一推销员协会却把作者奉为自己的守护神，而另有一些推销员商会则抱怨说，由于它的影响，使他们在招聘新推销员时遇到了困难。好莱坞曾不惜耗资百万把它拍成电影，却又害怕它在社会上引起不

① 罗伯特·阿·马丁编《阿瑟·米勒戏剧散文集》，维京出版社，1978 年，第 140 页。

良后果，挖空心思在正片前加演一部文献纪录片，特意说明推销业对社会经济是多么地重要，推销员的生活是多么有保障，而正片中的主角只不过是极其个别的例子而已。

米勒在与《纽约时报》记者的一次谈话中强调他写此剧的主要动机是想“维护个人的尊严”。他还在一篇文章中说，此剧“自始至终贯串着一个人在世态炎凉的社会中生存的景象。那个世界不是一个家，甚至也不是一个公开的战场，而是一群克服失败的恐惧、前途无量的人物的盘踞地”①。一九八三年，米勒在北京时又说：“我是要探索如何通过一出戏反映社会、家庭和个人的现实，以及人的梦想。写这出戏时，我抛开了一切顾虑，只追求写出反映真实的内容……这出戏一直保持着它的影响，因为它反映了这个混乱的现代社会中各种自相矛盾的现象，包括精神生活方面的自相矛盾。”② 在他的自传中，米勒还透露道：

---

① 罗伯特·阿·马丁编《阿瑟·米勒戏剧散文集》，维京出版社，1978年，第143页。

②《阿瑟·米勒在〈外国戏剧〉编辑部做客》一文，北京《外国戏剧》，1983年，第3期，第7页。

我在写作过程中嗤嗤发笑，主要是针对威利那种彻头彻尾自相矛盾的心理，正是在这种笑声中突然有一天下午冒出了这出戏的剧名。以往有些剧本，诸如《大主教面临死亡》、《死亡和处女》四部曲等等——凡是剧名带有“死”这个字眼儿的戏素来都是既严肃又高雅的，而现在一个诙谐人物，一大堆伤心的矛盾，一个丑角，居然要用上它啦，这可真有点叫人好笑，也有点刺目。对，我的脑海里可能隐藏着几分政治；当时到处弥漫着一个新的美利坚帝国正在形成的气氛，也因为我亲眼见到欧洲渐渐衰亡或者已经死亡，所以我偏要在那些新头目和洋洋自得的王公面前横陈一具他们的信徒的尸体。在这出戏首演那天晚上，一个女人，我姑且隐其名，愤恨地把这出戏称作“一枚埋在美国资本主义制度下面的定时炸弹”；我倒巴不得它是，至少是埋在那种资本主义胡扯的谎言下面，埋在那种认为站在冰箱上便能触摸到云层、同时冲月亮挥舞一张付清银行购房贷款的收据而终于成功之类的虚假生活下面。[1]

总之，米勒在此剧中有意无意地戳穿了美国社会流行的人人都能成功这一“美国梦”的神话。

《萨勒姆的女巫》

《萨勒姆的女巫》描写的是一六九二年在北美马萨诸塞州萨勒姆镇发生的迫害“行巫者”的案件。当时那里居住着一支盲信的教派（清教徒），形成一种政教合一的统治，他们排斥异教徒，制定了自己的清规戒律，禁止任何娱乐活动，实行禁欲主义。一场“逐巫案”就是在这种基础上发生的，而在这场骗局的背后则是富豪们对土地的吞并和掠夺，结果酿成了萨勒姆镇的一场四百多人被关进监狱、七十二人被绞死的悲剧。米勒在此剧中成功地塑造了男主人公普洛克托的英勇形象，他被人诬陷，遭宗教法庭处以重罪投进地牢。他虽有强烈的求生欲望，却不愿以出卖朋友、出卖灵魂为代价换取屈辱的生存，最后毅然走上绞刑架。他以自己的死严正宣

① 阿瑟·米勒：《时移世变》（自传），第184页。

告了人的尊严和正直的美德是不可侮的，因而也是不可战胜的；而宗教束缚和神权压迫则违背人性，是反人道反科学的，因而是腐朽的，必然会灭亡的。

五十年代初美国麦卡锡主义猖獗一时，米勒本人也屡次受到非美活动调查委员会的传讯，并被判处“藐视国会”罪。因此，关于《萨勒姆的女巫》，西方一般剧评家都认为米勒是有意识地借这部关于宗教迫害的剧本影射当时非美活动调查委员会对无辜人士的政治迫害。米勒承认有此意图，但强调此剧具有远比只是针砭一时的极右政治更为深远的道德涵义，旨在揭露邪恶，赞颂人的正直精神。美国剧评家马丁·哥特弗里德认为此剧“可与米勒自己在美国众议院非美活动调查委员会上作证时英勇不屈、慷慨陈词的表现相提并论。作为一部戏剧作品，它结构匀称，充满激情；作为一部伸张正义的作品，它具有一种罕见的庄严气氛”。

《萨勒姆的女巫》于一九五三年在美国纽约上演后，受到观众热烈的欢迎，荣获安东纳特·佩瑞奖。一九五七年，法国著名作家让-保罗·萨特把它改编为电影剧本。一九六二年，苏联斯坦尼斯拉夫斯基剧院在排演时强调了剧作的现代影响：爱好自由的人类精神对抗邪恶和反动势力的胜利。一九六五年，英国老维克剧团由著名戏剧家劳伦斯·奥立弗执导并主演此剧，轰动一时。此剧还曾在其他许多国家上演，卖座率始终不衰，成为阿瑟·米勒的一部最能持久上演的剧本。

一九八一年九月，上海人民艺术剧院将这出戏搬上我国舞台；黄佐临先生亲自执导，深刻发掘剧本本质，并给予鲜明的舞台体现，得到历经十年浩劫的我国观众深刻的理解。一位观众写信道："欣赏阿瑟·米勒这出名剧，得到一次高级的享受，十分感谢！为了维护政教合一，为了巩固其蛮横不合理的统治，不惜愚昧乡民，造谣诬陷，草菅人命，前两幕揭露已很有力，后两幕则更为深刻。"① 另一位观众在信中感慨地说："历史常有惊人的相似之处，这个教训太深刻了，历史悲剧不能再重演！"②

《两个星期一的回忆》

此剧自传性浓厚，写的是纽约一家汽车零件批发公

① 《星期六评论》，1979 年。

② 《谈佐临导演的〈萨勒姆的女巫〉》一文，北京《外国戏剧》，1982 年，第 2 期。

司顶楼发货室里职工工作的情况。他们浑浑噩噩地过日子，有的酗酒、寻欢作乐，有的胸无大志、过一天算一天，有的因年老体衰即将被老板辞退。青年职工伯特（当年作者本人）无限感慨地说："每天早晨看到他们为什么使我伤心泪下？这就像是在地铁里，每天看到同一些人上，同一些人下，唯一的变化是他们衰老了。上帝！有时这真把我吓呆了；我在这个世界上，就像在一个偌大的房间里来回冲撞，从南墙到北墙，从北墙到南墙，永远没有个头啊！就是没有个头啊！"伯特后来攒够了钱去上大学，临行时向大家告别，但他们却忙于干活儿，对他离去毫无表示，他只得默默地走了。

有些英美剧评家认为这出戏像"活报剧"，是在批评人生的绝望和悲哀。米勒不同意这种看法，并称此剧是一出"哀婉的喜剧"，或是一部本世纪三十年代的文献记录。"我写这部剧本部分原因是想再体验一次那种公开而赤裸裸的贫困现实，同时也希望为自己表明希望的价值，以及为什么要产生希望，还有那些至少懂得如何忍受那种毫无希望的痛苦的人们所具有的英雄品质。”① 他认为剧中所谈的是“人生需要有一点诗意”，而且还承认他特别偏爱这出戏。

《桥头眺望》

此剧最初为独幕剧，一九五五年在美国上演并未受到重视，后米勒把它修改成两幕剧，于一九五六年在伦敦和巴黎上演时才获得成功。全剧写的是三十年代美国的意籍移民的生活。两名意大利年轻兄弟因在家乡失业而非法进入美国，暂居已归化为美国人的亲戚埃迪家中。哥哥挣钱寄回老家养活妻儿老小；未婚的弟弟却同埃迪养大的外甥女产生了恋情，遭到埃迪变态的妒忌和反对，并招致他向移民局告发，兄弟俩均被扣押。在保释期间，哥哥由于埃迪断送了他的生活出路而在一次争斗中把埃迪刺死，酿成一场悲剧。美国进步报刊当时曾给该剧以好评，认为米勒在此剧中有如实反映美国工人阶级生活的一个侧面的意图。

米勒说这出戏是他根据一桩真人真事写成的，他认

---

① 罗伯特·阿·马丁编《阿瑟·米勒戏剧散文集》，维京出版社，1978年，第164页。

为剧中的主人公埃迪“并不是一个值得让人哀怜同情的人物，此剧也无意使观众落泪。但是，它却有可能使我们把埃迪的举动同我们自己的举动联系起来反省，从而更好地剖析自己，认识到我们不仅仅是一些孤立的心理实体，而是同自己同胞的命运和悠久的历史密切相连的”。[①] 此剧仍属于米勒一贯喜爱创作的社会道德剧，其中探讨了人性、人的尊严以及新旧道德概念和法则之间的冲突。在写作手法上，米勒在剧中安排一名律师来穿插叙述案情，起到了类似希腊悲剧中合唱队的作用。

《美国时钟》

此剧是米勒以三十年代美国经济大萧条为背景写出的一个社会剧。据他本人说，他是受美国作家斯特兹·特克尔《艰难的日子：一部关于大萧条时期的口述历史》一书的启发，经过多年酝酿才写成这出戏。特克尔通过他所访问的众多普通美国人的口述，以新闻体裁生动地反映了三十年代那场席卷整个资本主义世界的经济

① 阿瑟·米勒《桥头眺望》修订本前言。

危机给美国人民精神和生活带来的灾难，而米勒则把这一惊心动魄的悲惨景象更为真实地再现于舞台。全剧人物多达四十余个，几乎囊括了美国社会各阶层人士。有的美国剧评家由此而认为剧作家没有着重刻画三两个主人公的面貌，是此剧的一项缺陷，殊不知米勒的意图正在于说明那场危机“几乎触及了所有的人，不管他住在什么地方，也不管他处于什么样的社会地位”，他用戏剧形式在观众面前展现了一幅文献性壁画，侧重灾难的全貌，从而重振人们的尊严和信心。这种形式早在布莱希特的一些剧本和多斯·帕索斯的那部《美国》三部曲小说中有关新闻短片的章节里就已出现过，米勒则把它做了进一步的发挥。

米勒的剧本一向具有自传性质。由于他目睹了那场危机，《美国时钟》中的许多场景可以说是他根据回忆记录下来的真实情景，例如剧中人李中学毕业后因家庭生活拮据而不得不辍学进入工厂工作，就是他自己的一段亲身经历。又如米勒参加过当时的左翼运动，剧中一些青年钻研马克思和恩格斯著作，追求进步思想，尽管个别人有糊涂思想，也不足为怪，它仍然可以说是米勒对当时美国青年思想面貌如实的写照。尤其值得称道的是，全剧阐述了美国人民经历了那次浩劫后终于认识到“这个国家其实是属于他们的”。以这一思想转变作为全剧的结尾，说明米勒在创作思想上已突破了过去那种仅仅局限于描写资本主义社会中推销员等小人物的个人悲欢离合的狭隘题材。米勒写此剧的动机，无疑是想告诫美国人民，尤其是青年一代，不要在虚假的繁荣景象中忘却过去沉痛苦难的历史，其用心良苦使《美国时钟》具有较深刻的教育意义。

此外，米勒在这出戏的剧作手法上，也沿袭了他所惯用的倒叙穿插、不受时空限制的技巧，而且运用得更加自如。该剧布景简朴，场景转换迅速，道具由演员带上舞台，充分发挥舞台灯光的效果，这一切都显示出这位老剧作家仍然在不断探索戏剧创作的新手法。

《美国时钟》一九八〇年五月首演于南卡罗来纳州的斯波里多戏剧院，十一月移至纽约百老汇，但仅上演了十二场，未受到应有的重视。米勒并未气馁，对剧本做了精心的修改，于一九八四年奥运会前夕在洛杉矶马克・泰珀剧院再度公演，终于获得好评。同年英国伯明翰的轮换剧目剧院也上演了这出戏。《卫报》评论道：“与其说它是一出传统剧，毋宁说它是大萧条期间万花筒般的美国社会史。这出戏很可能不是米勒的杰作之一，但它表现了戏剧概括时代基调的力量。”一九九五年，英国阿瑟·米勒研究专家克里斯托弗·比格斯贝编辑的《阿瑟·米勒剧本选》（轻便本）中选入的《美国时钟》，又经米勒重新做了修订。

三

除去剧本，米勒还写过小说《焦点》、《我不再需要你：短篇小说集》和儿童读物《珍妮的毯子》等。他一九八七年发表的《时移世变》（自传）约五十余万言，堪称近年来美国出版的一本优秀自传。

在自传中，米勒叙述了犹太裔祖代从波兰移居新大陆后的创业经过以及父亲在三十年代初经济大萧条时期破产而由母亲典当求告挽救家庭困境的惨状，继而回忆了自己中学毕业后四处打工，干过不少种苦力活儿，一度幻想当歌星，后来积攒些钱进入密歇根大学学习，迷上戏剧，逐步成为剧作家的经历。在这期间，他接触到马克思主义，寄希望于苏联和社会主义，并积极从事左翼文艺和反法西斯等进步活动，导致五十年代中期遭到非美活动调查委员会的传讯，并被判处“藐视国会”罪。嗣后他参加了反越战运动，又积极投入国际笔会的活动。

书中详尽阐述了他一贯反对百老汇商业化戏剧的观点，他对戏剧所持有的精辟独到的见解，以及他创作每部剧作的艰苦历程。对众多同时代的剧作家、小说家和诗人（包括奥尼尔、奥德茨、威廉斯、海尔曼、斯坦贝克、梅勒、贝娄、庞德和弗罗斯特等人），他都给予不人云亦云的评价。他也接触到许多戏剧和电影界的导演和演员，诸如哈里·霍恩、伊莱亚·卡赞、李·斯特拉斯堡夫妇、劳伦斯·奥立弗和克拉克·盖博等人，对他们都作了细致而有趣的描绘。书中也包括了他的三次婚姻，首次披露了他与梦露一段姻缘的恩恩怨怨，他以深切同情的笔触描述了孤女出身的梦露受尽社会压力的折磨和别人的剥削、身心忧郁而艰苦奋斗的一生，批驳了外界对梦露的歪曲宣传；此外，他也欣慰地谈到他与奥籍摄影师英格博格·莫拉斯结合后互敬互爱的美好生活。

在写作结构上，米勒没有严格采取按年代顺序平铺直叙的手法，而是把一生事迹前前后后、纵横交错地穿插叙述，有时两三件事交叉进行，环环相扣，恰到好处，真有点像《推销员之死》的主人公威利·洛曼脑海中那种过去与现在的事交错闪现那样，或者说更像电影画面淡入淡出交叉隐现的技巧。这种新颖手法无疑使这部自传别具一格，使读者不觉得枯燥乏味。米勒的文笔犀利，隽永流畅，时而还充满诙谐幽默感，颇有契诃夫的风格（契诃夫是米勒最崇敬的两位作家之一，另一位是托尔斯泰）。在回顾往事时，他还夹叙夹议，其中不少富有哲理的涵义，发人深省，甚至可以使人从中得到启发和教益。

这部自传不单单是个人的感人肺腑的故事，而且近乎是一部当代美国社会编年史，为读者了解二十世纪美国文坛、剧坛以及美国社会不断演变的情况提供了丰富而珍贵的资料。

四

阿瑟·米勒不仅是美国当代著名剧作家，而且也是一位卓越的戏剧理论家。他论述戏剧的文章已由密歇根大学罗伯特·阿·马丁教授编成《阿瑟·米勒戏剧散文集》，于一九七八年出版，在西方戏剧界颇有影响。

米勒跟奥尼尔一样，创作的剧本多半是有关普通人的悲剧，他认为普通人与帝王将相同样适合作为高超的悲剧题材，但是他又不赞成把悲剧写成悲怆剧，在他看来，悲剧和悲怆剧之间的主要区别在于悲剧不仅给观众带来悲哀、同情、共鸣甚至畏惧，而且还超越悲怆剧，给观众带来知识或启迪。他认为悲剧是对为幸福而斗争的人类最精确而均衡的描绘，“因为悲剧是我们拥有的最完美的手段，它向我们显示我们是什么样的人，我们必须做什么样的人，或者我们应该力争做什么样的人”①。他也不同意那种认为悲剧作家都具有悲观主义的论调，“悲剧事实上所包含作家的乐观主义程度要比喜剧还要多，悲剧的最终结局应该是加强观众对人类的前景抱有最光明的看法”②。米勒这种见解无疑会加深人们对悲剧的理解。

米勒一贯反对西方商业化、纯娱乐性的庸俗戏剧，而坚信戏剧是一种反映社会现实的严肃事业。他认为剧作家如果不去调查社会作为一个明显而关键的部分所具

① 《阿瑟·米勒戏剧散文集》，第 11 页。

② 《阿瑟·米勒戏剧散文集》，第 6 页。

有的全部因果关系，就不可能创作出一部真正高水平的严肃作品。米勒一九五六年曾经在一篇题为《现代戏剧中的家庭》的文章里感叹道：

> 在过去的四五十年里，一般的现实主义遭到了攻击——原因在于它不能美妙而自如地在私人生活和社会生活之间越来越扩大的鸿沟上架起桥梁。表现主义对这也解决不了，因为它完全抛却心理上的现实主义而跨跃到单独描绘社会力量那一方面去了，从而使问题遗留下来。所以我们现在的许多剧本都或多或少具有颓废的气氛；在过去的十年里，这些剧本越来越趋向单独详述心理因素，而很少或无意把人物的社会作用和冲突弄清并加以戏剧化。任何一位明智的人显然都明白人类的命运是社会性的，所以把那些摒弃社会的作品归结为腐朽是恰当的。[①]

---

①《阿瑟·米勒戏剧散文集》，第 82 页。

此外，米勒还曾说过："社会在人之中，人在社会之中，你甚至不可能在舞台上创造出一个真实描绘出来的心理实体，除非你了解他的社会关系。"米勒的这种观点，即人的命运是社会性的，舞台应是一个较之单纯提供娱乐更为重要的传播思想的媒介，它应该为一个严肃的目的服务，是值得称道的。米勒在他改编的《人民公敌》序言中呼吁道："剧作家必须再次表明有权利以他的思想和心灵来感染观众。公众也有必要再次认识到舞台是一个传播思想和哲学、极为认真地探讨人的命运的场所。"①

不过，米勒不赞成在剧作里干巴巴地说教。他主张戏剧应当使人类更加富有人性，也就是说，戏剧使人类不那么感到孤独。

在艺术创作手法上，阿瑟·米勒曾说他是"规规矩矩地以传统的现实主义为基础，而且试图使用各种方式来扩展它，以便直接甚至更猝然、更赤裸裸地提出隐藏在生活表面背后的、使我感动的事物"②。确实如此，米勒多次巧妙地运用了表现主义和象征主义等方式，丰

① 《阿瑟·米勒戏剧散文集》，第 17 页。
② 《阿瑟·米勒戏剧散文集》，第 167 页。

富了他的现实主义创作。他一直在不断地探索，不断地创新。

米勒对马克·吐温做出过这样的评论：“他并非在利用他那种跟同时代的公众幻觉相疏离的态度来抗拒他的国家，好像没有它也能生存似的，而显然是想借此来纠正它的弊端。”[1] 这恰恰也适用于米勒本人，正是他本人的写照。

一九七九年美国著名剧评家马丁·哥特弗里德在《星期六评论》杂志上撰文称米勒的《推销员之死》、《萨勒姆的女巫》和《桥头眺望》是“三部气势宏伟的剧本，具有显示人性的广泛内容，却又高于现实生活，因为它们诗意盎然并具有崇高的道德力量。毫无疑问，阿瑟·米勒是美国戏剧的良心”。他认为世界上只要还有舞台存在，这三出戏就会上演，传之不朽。

梅绍武

一九九七年初稿

一九九八年六月校订

---

① 阿瑟·米勒为《马克·吐温牛津选本》（牛津大学出版社，1996年）写的前言。

堕落之后

献给我的妻子英格博格·莫拉斯

两幕剧

剧中人物

昆　廷

玛　吉

丹

母　亲

露易丝

米　基

卢卜斯

费莉丝

霍尔佳

父　亲

埃尔茜

卢

卡　丽

哈利·巴恩斯，主席，护士，搬运工，秘书，护理员，一群男孩，路人

第一幕

全剧动作发生在昆廷的脑海里，昆廷的想象里，以及昆廷的回忆中。场上除了一把椅子之外，别无其他传统道具，也没有墙，没有实质性界限。

舞台布景从左到右弯弯曲曲，分成三个层次，直达舞台后部最高处，中部有阶梯相互连接。后部有一座被摧毁了的德国集中营石砌的瞭望塔俯视全场。这时，塔上宽阔的瞭望窗口像瞎了的眼睛一样黑洞洞的；弯曲的钢筋像折断的触须那样暴露在塔外。

舞台前部两个层次是雕饰区，实际上，给人一种新石器时代的印象，场景像是层层熔岩，弯弯曲曲，各个场面就出现在这个坑坑洼洼的布景之中。思绪纷纭，而灿烂的回忆却跟灰暗的背景形成鲜明的对比。人物坐下的时候，可坐在石拱座上、突出的石头上或者任何一个空荡处。一个场面可以先从一块有限的地方开始，然后扩展开来，向整个舞台展开，达到其他部分。

人物像在人的脑子里那样时隐时现，但是他们用不着离开舞台。对话将会随时表明谁是“活”的人物，谁是暂被搁置的人物。

因而，效果将是思绪的波动起伏，一闪而过，转瞬即逝，对其表层加以质疑，对其深层进行探索。

舞台上一片黑暗。远处开始有些人影在移动，先听到一两声脚步声，接着脚步声越来越多。灯光渐亮，剧中人从舞台后部的高台下面漫步而出。有的立即坐下，有的走到舞台前方。他们似乎互相认识。其中也有人形单影只，自己溜达，完全不理会他人。他们对昆廷窃窃私语，有的做生气状，有的乞求于他。这时，四十多岁的昆廷离开众人，继续朝舞台前部走来。所有动作停止。昆廷对一位听者讲话，如果听者出场的话，就让他坐在舞台边缘。

昆　廷　你好！天哪，能再次见到你，真是好极了！我很好。我希望这种突如其来的安排，不至于给你带来太多的麻烦。好了，说实在的，我也只是想跟你打个招呼。（应邀入座，稍顿）说真的，我今天一大早就给你打过电话，只是一时的心血来潮，我要做出一个小小的决定。你知道——一个人如果为一件事动了好几个月脑筋，后来突然一下子做出了决定，反倒不知道该怎么办才好。

［准备正式开始说下去，先向远处观望了一下。

啊……

［顿住，惊愕地转向听者。

我已经辞掉事务所的职务了。我不是写信告诉你了吗？是真的！我肯定已经写过信了。噢，那大约是十四个月前的事，也就是玛吉去世几个星期后的事。（玛吉在二层高台上动了动）我再也不能像过去那样集中精力受理案件了。我觉得我只是在为自己的成就服务，这一切毫无意义可言。我确实有时想过，我是不是只是想毁掉自己……唔，我已经放弃了一份被认为是很重要的职业……这恐怕也没什么，我依然住在旅馆里，会见许多人，博览群书，（笑）凝视窗外。我不明白自己为什么笑了起来；也许我现在感到这里的一切都了结了，又要去做新的探索。虽然我以前就有过这种想法，可是什么也没做成，不过，我——

［再次顿住，仿佛有些吃惊。

上帝啊，我写信跟你说过这件事，对不对？那些信也许是我在梦中写的。母亲去世了。唉，这可是四——（背后有飞机声）五个月前的事了，确实来得很突然。当时我正在德国——（霍尔佳出现在上层高台上，在到处找他）——这也是我想要跟你谈的一个话题。我……我在那里跟一个女人邂逅相遇。（咧嘴笑笑）我可从来没有料到会发生这种事，然而，我们之间的确有了一定的感情。说实话，她是一位考古学家，今天晚上就要来参加哥伦比亚大学的一个会议。你要明白，我说不准自己是否想失去她，然而一想到要再次做出承诺，我也受不了……嗳，确实如此，瞧瞧我的人生吧。不管怎么说，生活就是证据，在我的保险箱里，已经有了两张离婚证书。（转身，向霍尔佳瞥一眼）坦率地跟你说吧，我真有点心有余悸……担心自己在她心目中会是个什么样的人，会给她造成什么样的后果。（再次坐下，俯身向前）你知道，我越来越感到自己多年来一直把生活看作是一桩法律案件，看作是一系列的证据。在年轻的时候，你想证明自己很勇敢、很聪明，接着证明自己是个合格的情人，随后证明自己是位好父亲，最后又证明自己英明能干，或者证明别的什么玩艺儿。但是，现在我发现，支撑这一切的是这样一个设想：我正沿着一条上升的道路奔向高处，在那里——只有上帝才知道有什么玩艺儿——要么我被开释，要么我被定罪——总之要有个判决。现在我认识到，从我抬头看到审判席上空无一人的那天起，我的厄运便开始了。没有法官在场，剩下的只是个人内心无休无止的斗争——也就是在空无一人的审判席面前，对生存进行一场毫无意义的争论。自然，这成了表达悲观失望的另一种方式。当然，悲观失望也能成为生活的一种方式，不过，你必须相信它，把它拾起来，记在心中，然后向前迈进。相反，我似乎被悬在了空中。（略停）时间一天一天地、一个月一个月地，现在是一年一年地流逝了。几个星期前，我突然发现一种很奇怪的现象。每天一大早，我怀着这种沉郁的心情醒来时，却总感到信心百倍！我豁然开朗地睁开眼睛，自己好像变成了一个孩子！转瞬间，仿佛出现了一种无形的希望。我跳下床刮脸，迫不及待地吃完早饭——接着，这种希望就潜入我的房间，渗入我的生活，向我那毫无意义的生活展现了希望。于是我想——如果我能够揪住这种希望不放，找出它的真谛，要么把它当作一种谎言加以扼杀，要么真的把它据为己有……

费莉丝　（上）你还记得我吗？记得两年前在你的办公室里让我丈夫在离婚证书上签字吗？

昆　廷　（对听者）我也不大明白，为什么要带她来。上个月，我在大街上碰到过她……

费莉丝　我早就想对你说——是你改变了我的生活！

昆　廷　（对听者）这位姑娘真有点叫我惶恐不安。

费莉丝　（正视前方，站在他身旁）你知道，我丈夫单独跟我在一起的时候，总是那么孩子气。不过，他跟别人在一起的时候，谈吐举止却显得很有派头，我差不多一下子就爱上了他！那次我们走到街头，他向我提出了要求。我要不要告诉你，还是你早已经知道了？

昆　廷　（转向她）他要求你跟他再最后同床一次，对吗？

费莉丝　你怎么知道的？

昆　廷　呃，那又有什么害处呢？

费莉丝　可是就在同一天，我们同意离婚了啊，这不是十分滑稽可笑吗？

昆　廷　亲爱的，一个人一旦爱上了某个人，想终止这种爱情，比登天还难。你为什么非要试一试不可呢？（露易丝朝他走过来，玛吉穿着金光闪闪的衣服，跟一些陌生的年轻人在舞台后部出现。昆廷转向听者）我为什么要说这些糊涂话呢！

玛　吉　（从人群中走出，像是看见了他而高兴地笑起来）昆廷！（下）

昆　廷　这些可恶的女人把我害苦了！我难道什么教训都没学到吗？

霍尔佳　（在瞭望塔下，拿着鲜花出现，这时玛吉和年轻人进入暗处）你喜欢看萨尔茨堡举办的音乐节[①]吗？据我所知，他们今天晚上演出《魔笛》。

昆　廷　（指霍尔佳）我无法预料我会给这位姑娘带来什么后果。

［霍尔佳下，露易丝走到他面前来，他看她一眼。

我不知道怎么理直气壮地责备人。

费莉丝　（这时，露易丝若有所思地走向舞台后部，下）可我终于领会了你的意思！那就是责备没有什么意义，对吗？没有任何人应该受到责备！我一认

---

① 指萨尔茨堡举行的每年一次的音乐节，7 月下旬开始，延续 5 周。

识到这一点，舞就跳得更好了！

昆　廷　（对听者）天哪，我的忠告多么不同凡响！

费莉丝　现在我跳起舞来感到十分轻松自在！有时我只要想着力争上游，就能达到很高的水平。我考虑了很久，于是从地板上飞舞起来。

［舞进暗处。

昆　廷　前几天的一个晚上，她又回来了，几乎是奔进我的房间——她获得了新生！她让我好奇自己对生活到底有多少信心。

费莉丝　（急上）我的鼻子已经整过了！我给你看看吧。医生给我解开了绷带，可我又把它缠上了，因为我想让你首先看看！想看吗？

昆　廷　（转向她）不想。可你为什么非要我先看不可呢？

费莉丝　因为——你记得那天晚上我来这儿吗？我拿不定主意该不该做这个手术。因为换鼻子是一件靠不住的事儿；我不想把希望都寄托在一块软骨上。你用不着非回答我不可，但是——我记得你那天晚上向我求过爱，对不对？

昆　廷　对，求过。

费莉丝　我就知道是这样！我觉得自己有个什么样的鼻子都无关紧要，也就是说我有个短鼻子也无所谓！我可以给你看一下吗？

昆　廷　我很想看一下。

费莉丝　闭上眼。（他闭上眼，她解开绷带）好了。（他看，她举手祝福）我永远祝福你，永远！

［在她走进暗处时，他慢慢转向听者。

昆　廷　其实我更喜欢她过去的鼻子。看来在她的心目中，我好像成了她生活中的一个靠山。可她在我生活中却无足轻重。我倒感觉自己更像一面镜子，她总能在里面照见自己的光辉形象。

［远处有两个抬棺人，抬着一只看不见的棺材。

这像是我母亲的葬礼。

［母亲在顶层高台上出现，两臂交叉，做死状。

有时候，我在大街上听到了她喊我的响亮而真切的声音。不过，她已经长眠九泉了。我曾经把整个坟场看成是一块埋藏着许多面镜子的土地，活着的人可以从这些镜子里看到自己；但是我好像并不知道该如何哀悼母亲。

［父亲上场，披着一条毯子，两个护士服侍着他。

也许是因为除非哀痛把你折磨死，否则你并不信哀痛真是那么一回事。

［丹出现，正跟一个护士谈话。

这跟我乘飞机赶回来，去医院见到我哥时的情景相似。

［护士急下，昆廷站起，走向丹。

丹　你回来了，我打心眼里高兴，伙计；我但凡有点办法，也就不会给你打电话了。一路上还好吗？

昆　廷　（向丹）那还有什么别的法子可想？她去世了，这事应该让父亲知道。

丹　（对昆廷）可他今天早上刚刚动了手术。我们怎么能进去对他说："您的妻子去世了？"那简直就跟砍掉他的一只胳臂一样。咱们可不可以跟他说母亲正在来的路上，然后给他服一片镇定药片？

昆　廷　可是，丹，我认为他应当知道实情，是不是？他俩一起生活了五十年，彼此已经建立了生死与共的情谊。

丹　伙计，这个女人是他的贤内助，你知道，没了她，他可就不行了——可就垮了。

昆　廷　我不这么看，我认为他经受得起这个打击，他是条硬汉。（紧接着向听者）这太滑稽了！……因为是丹一向崇拜老头子，这我早就看透了；可是现在就像做游戏的孩子那样，我们俩突然互换了位置，我倒崇拜起老头子来了！我再也不知道人们怎么看待对方了！

丹　（看来像是拿定了主意）好吧，那咱们就进去吧。

昆　廷　你要我跟他说吗？

丹　（忧心忡忡，却又挑战地）我去说。

昆　廷　我可以去说，丹。这跟他的婚礼一样，都是他分内的事。

丹　（松一口气）如果你没意见，那就这样定了。

［他俩转向卧病在床的父亲，后者还没看见他俩。母亲去世的噩耗使他们俩动作变得沉重。昆廷走近，转向听者。

昆　廷　是不是我比他更心狠一些？

［这时，父亲看见了他俩，举起一只

胳膊。

丹　（指着昆廷）爸，看……

父　亲　哟！谁来啦！我当你还在欧洲呐！

昆　廷　刚回来。您好点了吗？

丹　您看起来精神蛮好，爸。

父　亲　你说“看起来”是什么意思？我就是很好嘛！我告诉你，我准备再挺过去一次！（他俩跟他一起笑了）我说的是实话。医生也是那样不放心，后来我果断地跟他说：“瞧，你如果感到不妙，那你躺下，我来做手术！”他是个好人。我原以为你还要在外边待几个月呢。

昆　廷　（犹豫不决地）我决定回来了，而且——

丹　（插嘴，声调古怪）西尔维娅就要来了。她在楼下给您买东西呐。

父　亲　哦，那好极了！我跟你说点事，小伙子——你这个弟弟可越来越像他母亲了，天天守在这里……你们的母亲到哪儿去了？我一直在给家里打电话，可没人接。

［稍顿。

丹　等一下，爸，我只想——

［他无缘无故地喊起来，朝那位站在舞台后端的护士走去。昆廷凝视着父亲。

护士！喂……您能给楼下礼品店打个电话，问问我姐是不是……

父　亲　丹！叫她买点冰来。等你母亲一来，你们就可以喝上一杯！我的小橱里还存着一瓶黑麦威士忌呐。（对昆廷）孩子，我跟你说，我就要返老还童啦。你母亲说的对，我虽然年纪大了，但并不一定非得装成老态龙钟的样子。我的意思是说咱们可以去佛罗里达，咱们可以——

昆　廷　爸！

父　亲　什么？你穿的是一套新衣服吗？

昆　廷　不是，我早就穿了。

父　亲　（若有所思，指着护士对丹说）哦，叫她拿几个玻璃杯来，我们还需要几个玻璃杯。

昆　廷　听我说，爸。

［丹停步，转过脸来。

父　亲　（一无所知，对归来的儿子微笑着）有什么话要说吗？

昆　廷　母亲故去了。昨天晚上，在回家的路上，她的心脏病发作了。

父　亲　不，不可能，不可能，不可能。

昆　廷　我们本来不想把这事告诉您，不过——

父　亲　噢！不可能，不可能，不可能。

丹　这事谁也无能为力，爸。

父　亲　（合上手）噢，噢，噢！

昆　廷　（握住他的手）听我说，爸，您会好起来的，您会——

父　亲　（气喘吁吁地）老天爷，老天爷！这不可能，不可能。

丹　听我说，爸，您是个好样儿的。爸，听我说——

父　亲　真该死！我这一阵子没法照料自己，我明白，她这是干活累死的！

昆　廷　爸，这不是您的错，任何一个人都可能有——

父　亲　可是她原先就在这儿坐着呐。她——她原先就在这儿！

昆　廷　爸……爸……

［丹走近，像是要跟他共同分担哀伤。

父　亲　唉，孩子们——她是我的得力助手啊！

[举起一只拳头，好像再也控制不住自己。

丹　我们会照顾您的，爸。我认为，您用不着担心——

父　亲　不，不担心。我会好起来的。天哪！我现在就好多了！现在，现在就好多了！

[他们都默不作声。

那么，她现在在哪儿?

昆　廷　在殡仪馆里。

父　亲　（摇摇头——突然一声叹息）唉——！

昆　廷　我们本来不想告诉您，不过我们觉得还是让您尽早知道得好。

父　亲　是啊，谢谢，谢谢。我会……（抬头看看昆廷）我一定会坚强起来。

昆　廷　说得对，爸。

父　亲　（自言自语，这时母亲从后端高处消失）这……这会使我更加坚强起来。（但是他快要哭了出来，咬紧牙关，摇摇头，指着一处）她原先就在这儿啊！

[护士和丹一起把他抬走，昆廷慢慢走

近那位听者。

昆　廷　然而，过了两个月，他就忙着登记，投选举票去了……嗯，我的意思是说……这次不幸使他老泪纵横，可并没有送掉他的老命。我不知道自己到底想说明什么，这联系到……

［瞭望塔渐渐亮起来，引起他的注意。

我在德国参观过一个集中营。

［昆廷朝瞭望塔走去，这时费莉丝出现，正在举手祝福。

费莉丝　闭上你的眼睛，好吗？

昆　廷　（在她的驱使下转过身去）我不明白这位姑娘为什么老在我的脑海里萦回不散。（朝她走去）我想也许是因为她献给我……一点儿爱情吧。我如果不报答——那就像是窃取了一个你并不想要的礼物。

［母亲再次出现，也像费莉丝那样举手祝福。

费莉丝　我会永远为你祝福！

［费莉丝下，母亲消失。

昆　廷　她离开的时候……我干了一件傻事。这我也不明白是怎么回事。在我的旅馆房间里，墙上有两个照明装置……

［在他说话的时候，玛吉进入第二层高台，穿着睡衣，头发蓬松。昆廷竭力克制自己内心的不快。

我头一次注意到它们……古怪地相隔一段距离。我突然发现，你如果站在它们中间——（伸开双臂）——就可以伸出双臂，搭在那两个装置上面……

［他正要把胳膊伸平，玛吉坐起来，大声说话。

玛　吉　撒谎的家伙！法官！

［昆廷放下胳膊，停止表演，玛吉下。

［这时，霍尔佳出现，弯腰在看一间行刑室墙上挂着的说明。

昆　廷　噢，集中营……这个女人……叫霍尔佳，带我去过那里。

霍尔佳　（转向“他”，好像他就站在她身旁）这里是他们折磨人的地方。不要紧，我不怕，我来翻译一下。

［她回到说明文字前，他慢慢走到她的身后。

“左边的门通往那间为抽取假牙中含金成分而设置的拔牙室；血顺着地板上的下水道流走。有时候，他们不是被枪毙，而是一个一个地被绞死。右边的营房是妓院，女的在那里被迫——”

昆　廷　我想，你看够了吧，霍尔佳。

霍尔佳　没有，如果你想看看其他部分的话——

昆　廷　（挽起她的胳膊）咱们去散散步吧，亲爱的。乡下的景致很美。

［他俩散步，灯光转为白昼。

他们的确修建了很坚固的瞭望塔！瞧，这儿的草比较干，咱们坐坐吧。

［他俩坐下，稍顿。

我过去一直认为多瑙河是蓝色的。

霍尔佳　只在圆舞曲里才是那样。我猜想这也许是一种对施特劳斯缠绵的敬意吧，这条河在维也纳附近确实变了颜色。

昆　廷　我不理解，这为什么如此伤我的感情。

霍尔佳　对不起。（感到了疏远，就站起来——提提他的精神）你还想看看萨尔茨堡吗？我想领你去参观莫扎特的故居。那里的咖啡馆也很好。

昆　廷　（这时转向她）你的熟人当中有没有谁死在这里？

霍尔佳　哦，没有。可我觉得人们应该来看看这个地方，并没有别的意思。看来，你就很感兴趣。

昆　廷　是啊，可我是美国人，我感得起兴趣。

霍尔佳　别这么肯定。战后我第一次访问美国时，他们对我盘问了整整三天才让我入境。一个人如果不是共产党，不是犹太人，怎么可能会在集中营里被强制劳动了两年呢？事实上，直到我对他们说，我跟几个纳粹部长有点血缘关系，他们才放心了。这就好像一个人人生中的十五年就这么在某种疯狂的混乱中凭空消失。所以，你这样感兴趣，我打心眼里高兴。

昆　廷　（朝瞭望塔瞅一眼）我过去认为，自己对这种事一定会义愤填膺，或者生气。可是现在像是忍气吞声，真是怪得很。

霍尔佳　（按他躺下，快活地）来，在这里躺一会儿，也许——

昆　廷　不行，我——（挡开她的手）对不起，亲爱的，我并不是想把你推开。

霍尔佳　（受拒，窘迫）我看见那边山上有野花，我去采些花插在汽车上吧！（倏地站起）

昆　廷　霍尔佳？（她继续走，他跳起来追她，拦住她）霍尔佳。（不知该说什么好）

霍尔佳　咱们也许在一起玩腻了。我可以到林茨去雇一辆汽车离开；咱们也许哪天还会在维也纳见面。

昆　廷　我不能没有你，霍尔佳。

霍尔佳　我知道你要远走高飞了，昆廷。我也并非孤苦伶仃，我热爱自己的工作。问题是自从我认识你那一刹那起，我就对你有了一种说不出来的亲切感，过去可从来没有过……这不是结婚的问题，我对这也没有感到什么不好意思。但是，我必须得到点什么。

昆　廷　我难道什么也没有给你吗？

霍尔佳　我倒是给了不少……我不知道如何说才好。可我不是那种让人时刻向她做出种种保证的女人；在我看来，那种女人最愚蠢……

昆　廷　（把她的脸拨转过来）霍尔佳，你哭了——为了我吗？

霍尔佳　为了你。

昆　廷　问题是我不想辜负你对我的感情——我发誓，我不知道自己的生活当中是否有过美好的信仰。每当我打算再次做出保证的时候，内心的疑虑却使我无法开口。

霍尔佳　不过，一个人怎么能肯定自己的信仰就是美好的呢？

昆　廷　（惊讶地）听到你这么说，真是太好了。我认识的那些女人都对这一点绝对肯定！

霍尔佳　可是，一个人怎么可能这样呢？

昆　廷　（感激地吻她）你为什么一再到这儿来？这似乎使你心碎。

［听到母亲在轻轻地哼唱二十年代一出音乐喜剧的歌曲。

霍尔佳　（略停，心中不平静，犹豫地）我——我不知道。也许……因为我没有死在这个地方。

昆　廷　（倏地转向听者）什么？

霍尔佳　这种说法也许不合乎逻辑！可我真的不知道怎

么回事！

昆　廷　（走向舞台边上的听者）那些人……什么？“希望为死者而死。”不能这样，不能这样，对此我能够理解，生存也是难以忍受的。但是，我——我认为自己不这样看……当然，现在我确实想起过我的母亲，她已经去世了。对！

（转向霍尔佳）也许是死者总在缠着她。

霍尔佳　当时正值战争中期，我刚从课堂里走出来，小路边上有英国传单。上面有集中营的照片和憔悴的人们的照片。有人便开始信任起英国人了。可我无动于衷，真是如此。要反叛自己的国家不是一件轻而易举的事，特别是在战争期间更不会这样。美国人会因为广岛事件起来反对美国吗？总得有个什么原因才行。我把传单给我的教父看——他当时仍然掌管我们的情报系统。我问这事是否真实。“当然了，”他说，“这件事为什么使你感到很激动呢？”我说：“你是个坏蛋，你们都是坏蛋。”我把自己的书包朝他扔去。他却打开书包，放进去一些文件，要我把它送到另一个地方去。我成了那些策划暗杀希特勒的军官们的信使了。……他们后来都被绞死了。

昆　廷　为什么没有处死你？

霍尔佳　他们没有交代出我的名字。

昆　廷　那你为什么说美好的信仰从来不是固定不变呢？

霍尔佳　（稍顿）也许是我的国家原不应该有这么悠久的历史。不过，我也不知道。我当时为什么对那些事一无所知，至今我也不理解。

昆　廷　霍尔佳，我很赞赏你这种不肯定的态度。看来，你并非追求一种十全十美的……道德上的胜利。请原谅，我并非有意要跟你疏远。我——

［抬头看那瞭望塔。

霍尔佳　我去摘花。

［走开。

昆　廷　就在这附近采吧！

霍尔佳　（回头，充满感情地）知道！一会儿就回来！

［急下。

［昆廷默默地站了一会儿，瞭望塔的出现使他心头烦闷，塔的颜色有了变化；这时，他抬头仰望，对听者

说话。

昆　廷　我记得自己想象不出瞭望塔是个什么样子了，从来也没想过那只是一些普普通通的石头。从这里看去，它的确还有点田园风味哩。我为什么要熟悉这里的情形呢？它尽管内部空空荡荡，可还保留了一个外壳。我提出这样一类问题："你相信什么会跟这一样真实吗？"对！这是一些具有信仰的人建造的，也许恐怖就在于此——而我没有信仰，只好站在这里束手待毙。我能看见押送车队沿着弯弯曲曲的路，朝这个山头嘎嘎开来。而我自己置身其中，没有人认识我。他们会在水泥地上把我的脑袋撞碎！无处求救……（倏地转向听者）真是这样！我再也看不到任何最终求助的希望啦！曾经是社会主义，然后是爱；毁灭之前那种最后一刻总能得救的希望也破灭了！

［母亲上，丹上，吻她，然后下。

母　亲　（对一个假想中的小男孩）亲爱的，别光吃蛋糕了，结婚典礼上吃的东西多得很。

昆　廷　母亲！这真奇怪，是谋杀吗？

母　亲　（跪下照顾小男孩）是的，拿吊袜带来，昆廷，别跟我瞎叨叨……因为这是我兄弟的婚礼，你不能让袜子耷拉在鞋子上面！

昆　廷　（笑起来，继而换了声调）我为什么不能哀悼她？霍尔佳在那边哭泣，我为什么哭不出来？我为什么感到可以理解这个屠宰场呢？

［母亲在大声笑，他转向她。

母　亲　（转为苦笑）天哪！为什么这家人每次婚礼都是一场大灾难！……亲爱的，因为那个姑娘怀了孕，而且是个穷光蛋，还傻乎乎的，我还告诉你，这个女人将来嘴上会长出厚唇毛！所以，亲爱的，我希望你长大成人，学会如何叫人失望，特别是学会如何叫女人失望。

昆　廷　（凝视，坐在一边）可是，这跟集中营到底有什么关系？

母　亲　你不要玩火柴了好吗？（打假想中的男孩的手）你会尿床的！去练习书法不是更好吗？亲爱的，你写的字像猴子写的。你爸在哪儿？如果他又到洗土耳其浴的浴室睡觉，我就要他的命！还有那次，他竟然忘了我弟弟赫伯特的婚礼，跑去看登普西和滕尼的拳击比赛，结果男厕所的门卡住了，等

他们把他弄出来的时候，我弟弟已经结了婚，新冠军也诞生了，上个厕所让他白白损失了一百块钱！（笑）

［父亲和秘书在上层高台上出现，耳边有一部假想的电话。

父　亲　好吧，给南安普敦打个电话。

母　亲　不过，你可别笑话他，他是位了不起的人物。

父　亲　六万吨，六万。

［父亲下。

母　亲　直到今天，他每走进一个房间，人们还都向他点头致意呐！（激动地）到哪家饭店都一样——人们只要看见他，服务员便开始为他收拾桌子。因为，亲爱的，人们熟悉这位了不起的人物。在我的结婚典礼上，连施特劳斯医生也走过来对我说："露丝，我一眼就看出来，你找了个了不起的家伙。"施特劳斯当时一直爱着我……嗳，这就不用说了，不过，当时他还是一贫如洗的医学院学生，我爹不让他进门。谁会料到，他后来竟会成为医治胆结石的专家！多可怜的小伙子！经常给我送来小说啦，诗啦，哲学书啦，叫我看，还有些书，天晓得是些什么玩艺儿！有一次我们还一起溜出去听拉赫玛尼诺夫①的音乐会。（苦涩地笑了，又吃惊，又难过）你知道，这就是为什么两个星期之后我就结婚了。我们坐下来吃晚饭，你爸递给我一张菜单，让我读给他听。我读不下去，吓得魂不附体，差点儿跑掉！……为什么？因为你奶奶是个很贤慧的无私的女人，他们只让他上了两个月的学，就叫他在店里学做生意，有的女人就是这种人，我亲爱的——而现在他每年给她买一辆新的帕卡德牌轿车。②（内心莫名其妙地感到恐惧）亲爱的，我要你描字，你那种书法太见不得人了，亲爱的。你的举止，你的谈吐都要体面一些！问问费希尔小姐，多年来他们一直把我的书法贴在学校公告牌上，天哪，我一辈子也忘不了，我是毕业班致告别辞的学生代表，手里拿着亨特大学的奖学金……（情绪一下子低落下来）可是我回到家，爷爷说："你就快结婚啦!"这我可一直还没想过。我就像——就像

① Sergey Rachmaninoff (1873—1943)，俄国作曲家和指挥，后来移居美国。

② Packard，20 世纪 30 年代美国家喻户晓的豪华汽车品牌。

雏鹰展翅一样，准备好要远走高飞的，整整一年的时间，我一直把大学入学手册放在枕头底下。要学，要学各种知识！哎呀，亲爱的，整个事情是那样变幻莫测啊！

［父亲上场，跟想象中的年轻的昆廷说话。

父　亲　昆廷，你给我往办公室挂个电话，好吗？（对母亲）你为什么要给洗土耳其浴的浴室打电话？

母　亲　我以为你会忘记结婚典礼这件事。

父　亲　但愿我忘了，可我正为此付出不少代价呐。

母　亲　他会报答你的！

父　亲　我相信会的，可我不想总是那样慌慌张张的。（转身，走到一处，拿起看不见的电话）赫尔曼？别挂断电话。

母　亲　我就是不想迟到。

父　亲　咱们就是晚到半个小时，她也不会马上就生孩子。

母　亲　别耍贫嘴啦！他坠入情网了，又有什么不好呢？

父　亲　他们都是靠我的钱来谈情说爱。我可是有了钱才谈恋爱，结了婚才共筑爱巢的。（转向昆廷，笑）难道人们通过了一条孩子不能理发的法律吗？（从口袋里掏出一个硬币，扔给他）瞧，至少该把皮鞋擦擦。（对母亲）我这就去，亲爱的，去换衣服吧。

母　亲　我来把你的领扣掖掖好。天哪，他穿起晚礼服可真漂亮！

［走到外圈，停下，转身，偷听父亲说话。

父　亲　（对着电话）赫尔曼？会计师还在吗？让他接电话。

昆　廷　（猝然间想起什么，对听者）哦，是啊！

父　亲　是比利吗？你干完了吗？唷，怎么样？我的处境如何？

昆　廷　是啊！

父　亲　你不看报吗？我跟欧文信托公司有什么关系？我不能把它抛出去。什么银行？

［母亲逼近一步，吃惊。

纽约所有的银行我都去过了，我连账单都付不起了，他们怎么还能借给我钱呢？不行，不行，在伦敦没有钱，在汉堡也没有钱，世界各地的货都冻结了，大洋里空荡荡的。比利——现在跟我说实话，我的情况怎么样了？

[他放下电话。停顿。母亲走到他身后，他纹丝不动地站着，像迎接暴风雨。

母　亲　出了什么事？你在嚷嚷什么？

[父亲凝神不动；可是她好像又听到有关股票的事。

你们在谈什么？这是从什么时候开始的？……喂，你取出了多少？……你疯了吗？你已经有了价值四十万美元的股票，你能卖掉——

[父亲暗笑。

你早就把那些值钱的股票卖了？我刚买了一架新的大钢琴，你为什么不吭一声呢？对我弟弟的结婚典礼，你也装聋作哑！（缓和地，一边踱来踱去，一边思考）那好吧——你最好把你的保险费也兑换出来，至少能兑换出七万五千美元的现钞——（稍顿，转身，惊愕不已）这是什么时候的事？

[父亲渐渐失去常态，架子也没了；他松了松领带。

那好吧——把我的公债券都抛出去吧。明天就干……你的意见呢？好，你把它们收回来，我手中有你给我的九万一千美元的公债券。这是我自己的。我早就有公债券了——（停顿，脸上露出紧张的表情，逐渐变成蔑视的表情）你的意思是说你眼看着什么东西都在下跌，可你却瞎往外扔钱吗？你是个傻子吗？

父　亲　一个人离开事业可不行。我刚来这个国家的时候，脖子上挂着个标签，就像船舱里的一件行李！

母　亲　从我认识你那天起，就应当由我来当家。

父　亲　（像是被捅上一刀）露丝！

［坐下，闭上眼睛，耷拉着脑袋。

母　亲　我本应当学我姐妹的样子，让我父母别管我的事，由我自己决定终身！我应当自己策划自己的人生！

父　亲　（指着旁边）嘘，我听见孩子们——

母　亲　咱们应当去办离婚手续！

父　亲　露丝，大学生都正忙着跳窗自杀。

母　亲　但你最后那一点钱！——（弯腰，对着他的脸）你是个白痴！

［她靠得那么近，使他不得不站起来，两人面面相觑，像陌生人一样。

昆　廷　（抬头看瞭望塔）是啊！没有任何原因——他们连你的名字也不问一声！

父　亲　（朝旁边看一下）有人在哭？昆廷在那里。你最好跟他谈谈。

［她惊恐地走向所指的地方，在一英尺多远的地方停下来。

母　亲　昆廷？亲爱的？你最好穿上衣服。甭哭了，我的宝贝儿——

［“昆廷”说了一句什么话使她骤然止步。

我说什么了？哎，我说什么了？……说真的，我就是有点生气，没别的事，我可从来没那样说过。我认为他是个出类拔萃的人物！（笑）我怎么会说这种话？昆廷！（他像是消逝了，她伸开双臂）我什么也没说！（为失去了某人而大喊一声，尾随男孩急下）亲爱的，我什么也没说啊！

［父亲和丹下。

［霍尔佳马上出现，朝他走来。

昆　廷　（喃喃自语，转向瞭望塔）他们连你的名字也不问一声。

霍尔佳　（四下找他）昆廷！昆廷！

昆　廷　（对霍尔佳）你爱我，是吗？

霍尔佳　是的。（指着自己抱着的野花）瞧，车里一定会香喷喷的！

昆　廷　（握住她的手）我们离开这个鬼地方吧。来，我跟你比赛，看谁先跑到汽车那边！

霍尔佳　好！各就各位！

［他们做好准备跑的姿势。

昆　廷　谁跑最后，谁吃一个臭香肠！

霍尔佳　各就各位！预备。

［昆廷突然抬头观望瞭望塔，像是犯了亵渎神灵罪似的一下子蹲在地上。

［她揣摩着他的心情，碰一下他的脸。

昆廷，亲爱的——没有被他们处死的人，也不可能再清白了。

昆　廷　可是，你怎么能解决这个难题呢？你怎么能想得这么多？你是希望的化身！

霍尔佳　昆廷，我认为在自身之外寻找希望是错误的。头一天在房子里闻到的是新鲜面包味，第二天闻到的就是烟味和血腥味了。如果有一天，你因为园丁砍掉了一个手指头而吓得昏厥过去；那么一个星期之后，你就能在地铁里踏着被炸死的孩子们的尸体朝前走去。如果真是这个样子的话，那还有什么希望呢？在战争快结束时，我想到过死。（站起，沿着通往瞭望塔的梯子走上去）每天晚上我都做一样的梦，结果吓得我不敢睡觉了，病得很厉害，我梦见自己有了一个孩子，甚至在梦中发现那孩子正是我的生命。但他是一个白痴，我跑开了。然而他老是往我腿上爬，抓我的衣服。后来我想，不管怎样，这是我自己的亲骨肉，如果吻他一下，也许他就能睡觉了。我弯下腰来一看，他满脸伤痕，惨不忍睹……不过，我还是吻了他一下。我认为，一个人最终必须自己掌握自己的命运，昆廷。快，他们今天晚上演出《魔笛》。你喜欢《魔笛》吗？

［她从舞台上层瞭望塔处下场。

昆　廷　（独自一人）我想念她……十分想念她，可我却不能在给她的信结尾写上“你的”，只能写上“真诚的”，或者写上“一如既往”——（费莉丝从舞台后部上）——以便作为一种巧妙的回避。我感到没必要非这样做不可。对我来说，不管打开一本书，还是考虑再次结婚，我都十分清楚这是我在选择自己想干的事情——而这把我的两只手和上苍之间的联系掐断了。听起来真有点愚蠢，可我感到……并没因此而受到祝福。

［费莉丝举手祝福，然后下。

我时常感到自己好像有一种天职。我有餐桌，有妻子和孩子（露易丝在远处出现，系着围裙，手拿一块擦碗布，正在擦银餐具）——而世界正受到非正义的严重威胁，我生来就是要扭转乾坤！看起来这是多么称心如意啊！记不记得——曾经有好人和坏人之分？分辨一下好坏真是易如反掌！就是最大的恶棍，只要他爱犹太人，憎恨希特勒，也可以成为兄弟。不过，只有天堂里才会这样。

［他意识到了埃尔茜在二层高台上出现，她肩上披着浴袍，两臂裸露在外面，背朝观众。

可我开始正视它的时候就不同了。天哪，我一想到自己信仰过的玩艺儿，便感到无地自容！（瞥埃尔茜一眼）但是，我已经不是一个乳臭未干的孩子了！一个三十二岁的男子看到一个客人在他的房间里换湿淋淋的游泳衣……

［他走近时，埃尔茜转向他，浴袍从一个肩头滑下。

……而她站在那里露出两个光溜溜的乳房。

埃尔茜　喂，你下班了？为什么现在不去游泳？水正好。

昆　廷　（苦笑，大声说）我告诉你，我相信她并没意识到自己赤身裸体！

［露易丝上，坐在右边，像是坐在地上。埃尔茜向她走去，昆廷的眼睛跟着她转。

这是伊甸园！……嗯，因为她结婚了！一个女人，怎么会在布达佩斯弦乐四重奏乐队演奏走了调的时候，觉察得出来，怎么会因为日本人侵占了中国东北，而拒绝穿丝袜（卢从舞台后部上，在看一份辩护书），她的丈夫是位道德高尚的法律教授，又是我的朋友，正在窗外草地上修改我写给最高法院的第一份上诉书——我从她的乳头上方可以看到他的头顶，可她竟会……我的上帝啊！我心里当然明白，而这正是你不能不承认的事实！承认你看到的事实危及了道德原则！

［昆廷转向坐在地上的露易丝和埃尔茜。她们正在窃窃私语，这时他从后面走近她们，停步，转向听者。

你知道吗？在两个女人讲悄悄话的时候，你一出现她们准会立刻停下来……

埃尔茜和露易丝　（突然停止谈话，转向他）嗨。

昆　廷　准是在谈性爱吧。如果其中一个人是你的老婆……她准是在议论你呢。

埃尔茜　（像是要撵他走开）卢在房后看你的辩护书呢。他说你写得好极了！

昆　廷　但愿如此，埃尔茜。他的话使我感到有点紧张。

埃尔茜　我希望你能把这些话说给他听听，昆廷！好吗？就说他的看法对你影响有多大。你有必要告诉他一下。这里可真迷人。（转向露易丝，站起来）

我挺羡慕你们两位!

[她向舞台后部走去，在她丈夫卢的身边停下。卢穿着短裤，是位温文尔雅的人，正在专心致志地审阅辩护书。

上火车之前，我还要去海滩上溜达一下。你今天梳头了吗?

卢　我记得梳过了。(合上辩护书，朝昆廷走过来)昆廷，你真有两下子!这简直不像辩护书，而像一篇不朽的著作，很有分量。(埃尔茜下，卢抿嘴笑，拉一下昆廷的袖子)对我来说，能认识你真是莫大的荣幸!

昆　廷　我也很高兴，卢——

卢　(用一只胳膊搂着露易丝)你的整个事业将会由此而改变!我提个要求，可以吗?

昆　廷　哦，只管说吧，卢。

卢　你同意让埃尔茜看一下这份辩护书吗?我知道这听起来像是个多余的要求，但是——

昆　廷　一点也不多余。我很高兴。

卢　我遭到了传讯，还有那些该死的头条新闻报道，真把她吓坏了。不管怎么说，这确实影响一个人的人际关系。所以总要表示点儿尊重——譬如说，我把自己新写的教科书的手稿给她看，为此还推延了出版时间，为的是征求她的批评意见。也许这只是对她的一种心理分析治疗，但是她显然变得苛刻起来——

露易丝　我的烤肉！（从舞台后部下）

昆　廷　不过，你可别拖得太久，卢。现在能发表些东西是再好不过了，也好给那些恶棍一点颜色看看。

卢　（朝他身后看一眼）但是，你要明白，这只是一本学校教科书。埃尔茜认为，它只能激起针对我的新一轮攻击。

昆　廷　可是，他们已经调查过你了。他们还能把你怎么样呢？

卢　如果再有人攻击我的话，我就有可能丢掉工作。上次是米基那一票救了我。在教务长召开的会议上，我拒绝作证，他为我做了一次精采的发言。

昆　廷　说得对，米基够朋友。

卢　是啊，可是埃尔茜感到——如果现在出版这本书，对我来说，只能引火烧身，可我要是放弃这本书，就等于自杀——我所知道的事都在这本书里呐。

昆　廷　卢，你有权利出版，激进的过去并非是可怕的麻风病——只因为看起来真理在那边明摆着，我们当时才左倾。你不应该为此而感到羞愧。

卢　（痛苦地）真他妈的，你说得对！只不过——我从来没跟你说起过这件事，昆廷……

［愣住不动，有点扫兴。

昆　廷　（走到舞台边，对听者）是的，世界末日降临的时候，没人再会是清白的。上帝啊，世界在迅速分崩离析！

卢　（朝正前方说）我从苏联回来的时候，发表了自己对苏联法律的研究成果——但是我看到的许多东西我都并没有提到。当时我是撒了谎，还觉得是为了一桩美好的事业，可最后却只剩下谎言。

［埃尔茜和露易丝上，两人亲切地交谈，别人听不到。

现在我真有点儿糊涂了——我有许多缺点，可我绝对不是一个说谎的人。为了党，我年复一年地说谎。所以我现在一心想要在这本书里忠于自己！你知道，我并非害怕攻击，而是怕被迫为自己难以置信的谎言辩解！

［转身，看到埃尔茜，惊讶。

埃尔茜　卢，这我真没有想到。我以为咱们早已解决了这个问题。

［父亲和丹在舞台后部出现。

卢　是啊，亲爱的，我只想得到昆廷的谅解——

埃尔茜　你的衬衣露出来了，亲爱的。

［他敏捷地把衬衣掖进短裤里。她转向昆廷。

你一定认为他不应当再出版这本书了吧。

昆　廷　可是，看来不出版又会——

埃尔茜　（控制着内心的恐惧）亲爱的，这可是形势所迫！卢不能跟你比，昆廷；你和米基都能独自开业谋生，而卢纯粹是个学者。他没能力走出校门，到社会上去——

［在舞台后部，母亲出现在父亲身旁。

卢　（不自然地咧嘴笑笑）亲爱的，我可不像你说的那样软弱无能，我——

埃尔茜　（顿时对卢轻蔑地）这可不是个幻想的时代！

母　亲　你这个白痴！

［昆廷大吃一惊，急忙转向母亲，后者

正对坐着的父亲横加指责。

我的公债券呐？

昆　廷　（看着母亲离开）我为什么认为事物正在分崩离析呢？它们曾经完整过吗？

［母亲下，父亲和丹在暗处待了一会儿，失望而呆滞；这时露易丝站起来。

露易丝　昆廷？

［他盯视着她，然后转向听者……

昆　廷　霍尔佳说的事不是挺吓人吗？

露易丝　我已经拿定主意要做精神分析治疗了。

昆　廷　是不是该像一个白痴孩子那样看待你自己的一生呢？

露易丝　（一时茫然）坐下，好不好？

［她整理她的思路。他犹豫不决，好像回忆给他带来了痛苦，也可能因为他生活在那个时代就是一种苦痛。他走近自己的椅子……

昆　廷　（对听者）这倒像是一次倾谈。七年共同生活当中我们还从来没有这样面对面谈过呢。从来没有，从来没有出现过一种可以称之为会谈的局面。

露易丝　看起来咱俩好像并没有——（停顿一阵，脑子里在盘算）——结婚。

昆　廷　咱俩？

［她说这话时是认真的，可又不得不咬文嚼字，语调中有点做作。

露易丝　你最近一点也不关心我。

昆　廷　（提醒她）你是指星期五晚上那件事吗？我那次没给你开车门，是不是？

露易丝　是啊，不过，这只是我想说的其中一件事情。

昆　廷　可是我跟你说过了，你总是自己开啊。

露易丝　我总是事事都自己做，可这并不意味着就是对的。谁都注意到了这一点，昆廷。

昆　廷　注意到什么？

露易丝　从你对我的态度来看，好像我根本不存在。人应该发现彼此。我也并非一无可取。许多人，有男的，也有女的，都认为我很迷人。

昆　廷　不过，我——（停顿）我——不明白你这是什么意思。

露易丝　你对女人可以说是一无所知。

昆　廷　可我确实在尽力而为——昨天晚上，我还把我的辩护书从头到尾读给你听。

露易丝　昆廷，你认为对一个女人来说，读读辩护书就等于跟她交谈了吗？

昆　廷　可我脑子里想的就是那些啊。

露易丝　如果你脑子里净在想那些问题，那你还要老婆干什么？

昆　廷　这又是个什么问题？

露易丝　昆廷，问题就出在这儿！

昆　廷　（略停，恐惧，吃惊地）什么问题？

露易丝　我是你的什么人？你——你什么时候关心过我？问过我个人的事？

昆　廷　（越来越心虚）露易丝，可我应当问你什么事啊？我了解你！

露易丝　不了解。（摆出一副令人不安的严肃面孔）你不了解我。（稍顿。然后又小心翼翼地说下去）我再也不想无以自容地活下去。我曾经认为，这是正常现象，甚至认为因为我不值得一看，所以你才不看我一眼。可现在我才明白，你根本没认真看过任何女人一眼，只有你母亲可以说是个例外。你跟你母亲在感情上心心相印。你确实知道她什么时候高兴，什么时候心烦意乱。但是，对我，对别的任何一个女人，你都做不到这一点。

［埃尔茜在二层高台上出现，浴袍像刚才那样就要滑落下来。

昆　廷　这样说并不对。我——

露易丝　埃尔茜也注意到了这点。

昆　廷　（内疚地，尽量想撇开埃尔茜）你说什么？

露易丝　她也觉得你不可理解。

昆　廷　怎么，她说过什么吗？

露易丝　她说，一个女人就是在你眼皮底下，你也看不见。

昆　廷　噢。

［他被缴了械，迷惑不解，一声不吭。

露易丝　你要知道，她对你佩服得五体投地。

［埃尔茜消失，昆廷严肃地点点头。他突然转向听者，哈哈大笑起来，笑中含有苦痛和讽刺的意味，接着他突然停止笑，转向露易丝，一言不发。她有点胆怯，因为这是她第一次当面跟

他顶撞。

昆廷？

［他默默地站着。

昆廷？

［他沉默不语。

沉默不再解决问题，昆廷。我不能这样生活下去。

［略停。昆廷有了勇气。

昆　廷　我所以不说话，也许是因为有一次我跟你说了心里话，结果搅得你有六个月心里不痛快。

露易丝　（恼羞成怒）不是六个月，只有几个星期。我确实有点小题大做了，不过那也是可以理解的。你旅行归来，居然告诉我你碰到了一个女人，还想跟她睡觉。

昆　廷　我可不是这么说的。

露易丝　就是这么说的。那时我们结婚满一年。

昆　廷　我不是这么说的，露易丝。把这种事告诉你真是太傻了。可我把这看成一种对你的信任。我没有碰她一根指头，因为我明白你对我来说是多么重要。可是差不多有一年的时间，你一直把我看成一个好像再也没法信任的魔鬼。（立即转向听者）我为什么要相信她是正确的呢？问题就在这儿！……唔，对了！由于清白无辜，对不对？清白的人总占上风，是不是？那我为什么不能也是清白的呢？

［瞭望塔出现。

就是在这个屠宰场，我不知道为什么感到自己也像一个同谋犯！

［母亲在舞台后部出现。

呃？你如果知道，就请回答我。（转向母亲）怎么才叫背信弃义呢？

母　亲　他带给我多么美好的诗情画意啊！他，施特劳斯，理解我的心。结婚后两个星期，你爸还把菜单递给我，让我过目！

昆　廷　嗯！对！可是对一个小男孩来说——他知道怎样阅读，而且还阅读得挺不错！

母　亲　亲爱的，我要你的字写得漂漂亮亮的，我要你成为……

昆　廷　（恍然大悟）……一个同谋犯！

母　亲　（转向依然垂头丧气地坐着的父亲）我的公债券？你对我总是守口如瓶。你是个白痴吗？

昆　廷　（看着她和父亲走进暗处，对听者）不过，人为什么这样背信弃义呢？

［米基出现在舞台的最上层，面对露易丝，默不作声。

我们能把这一切都归罪于母亲吗？儿子正在为一些没有干过的事感到内疚，可在这之前，哪位母亲都不愿意毁掉儿子的信念，而宁愿把心中的不满带进坟墓，是不是？我还要进一步问，自己对别人的所作所为不感到有罪，是否倒是一件好事呢？这对我说来可是一个最头疼的问题了。

［父亲和丹退入暗处。瞭望塔隐没。

米　基　（对露易丝，咧嘴笑着）你为他感到自豪吗？

露易丝　自豪！

米　基　（朝昆廷走过来，昆廷转向他）你的辩护状写得很好，小伙子；也差点儿打动我的心。

露易丝　卢和埃尔茜来了。

米　基　噢！我不知道。露易丝，你看起来精神很饱满，准是情绪激动吧。

露易丝　谢谢！你的话真让人受用！

［羞赧地微微一笑，瞟昆廷一眼，下。

米　基　你有什么不顺心的事吗？

昆　廷　（困窘地）我想没什么不顺心的。只是她想要去做精神分析治疗。

米　基　那你就有了不顺心的事。（摇摇头，若有所思地笑起来）我认为你结婚的时候也许太年轻了，我也是这样。不过，你不瞎鬼混，对吗？

昆　廷　对，我不干那种事。

米　基　那你到底有什么内疚的事儿呢？

昆　廷　只是最近我才有这种感觉。

米　基　你知道，我一开始有这种想法的时候，就每天匀出五分钟想象我的老婆是个陌生人，好像我还没跟她结婚。你必须培养对她神秘性的尊重。我一开始匀出五分钟，现在能延长到一小时。

昆　廷　这倒有点像是在做游戏，不是吗？

米　基　嗯，是啊，从某种意义上来说，确实有点像。只要两人同处，就无法绝对真诚相待，是不是？我是说，她不是你的肋骨。

昆　廷　我认为你说得对，一点儿不假。

［稍顿。从台后传出卢和埃尔茜的声音。米基走到一处，像站在悬崖上向下俯瞰。

米　基　瞧下边，卢这个可爱的家伙，他从来不知道怎样游泳，总像条狗那样扑腾。（走回来）我过去喜欢他，现在依然喜欢他。昆廷，我已经被传讯过了。

昆　廷　（惊愕）噢，上帝！是那个委员会[①]吗？

米　基　是。我前一阵子给你打电话，希望你能进城一趟。不过，现在没有什么关系了。

昆　廷　我当时就想到可能是这类事。我大概是因为——什么也不再想知道，所以没来。真对不起，米基。（对听者）是啊，不去打听，保持清白！

［较长的停顿。他们彼此都难以正视对方。

米　基　我一直在经历一场噩梦，昆廷。不是从理论上，而是在生死攸关的问题上去判断一个人的立场，真是件古怪的事。很多事经不起检验。

昆　廷　我认为关键问题是不要害怕。

米　基　（稍顿）我觉得自己现在并不害怕。

［略停。两人坐下，凝视前方。然后，米基转身瞧着昆廷。米基强打起笑脸。

① 指非美活动调查委员会。

也许你再也不会做我的朋友了。

昆　廷　（笑笑，佯装若无其事的样儿——脸上却露出惊恐的表情）为什么？

米　基　我实话对你说了吧。（略停）

昆　廷　你这是什么意思？

米　基　我打算把人名交代出来。

昆　廷　（难以置信地）为什么？

米　基　因为——我想这样做。十五年了，不管走到哪里，也不管说什么，我总觉得是在欺骗人。

昆　廷　可你为什么不能只交代自己呢？

［玛吉上。在二层高台上躺下。

米　基　他们需要知道那些人名，他们要消灭任何一位参加过——

昆　廷　我认为这样做是错误的，米克①。一切都会过去，我认为你会为此感到后悔。不管怎么说，马克斯一贯反对这种做法！

米　基　我已经跟马克斯为这件事闹翻了。我要不去做证，就会被事务所解聘。

① Mick，对米基（Mickey）的昵称。

昆　廷　我简直不能相信会有这种事。德弗里斯怎么样？

米　基　德弗里斯在场，还有伯顿和许多别的人。我真希望我跟他们说起这件事的时候，你能看到他们那副难看的脸色。他们都是跟我共事十三年之久的朋友。你知道，我们常在一起打羽毛球，是亲密无间的朋友。可我刚一说，我曾经是……全都面若冰霜。

［瞭望塔亮起来。

昆　廷　（对听者）情况都一样！你看，是不是？——可我不知道咱俩之间有什么特殊关系？

米　基　昆廷，我心里只有一个想法，那就是想过正直而光明磊落的生活！

［卢穿泳衣上，看到米基，当即喜出望外。瞭望塔消失。

卢　米克！我刚才好像听到了你的声音！（抓住他的手）你好！

［卢和米基郁悒地拥抱一下。霍尔佳拿着花在上层高台上出现。

昆　廷　（看霍尔佳一眼）你怎么又在起誓？我一生中

已经不止一次起过誓，你明白吗？

［霍尔佳下。

卢　（又跟米基一起朝舞台前部走来）现在就剩下出版我的书这件事了。埃尔茜担心那样做又会把那些睡着了的狗都惊醒。

米　基　可你难道不想抓住这个机会吗？卢，我认为一个人应当敢于承担责任，为自己的人格承担责任。说到底，这是你分内的工作。

卢　我也是这么想的！（抓住他的一只胳膊，心里也把昆廷包括进去）天啊，米克！我们为什么不能像过去那样团结在一起呢？我怀念那种美好的交谈！当然，我也知道你现在挺忙，不过——

米　基　埃尔茜来了吗？

卢　你想见她吗？我可以朝海滩那边喊她过来。（要去喊，但被米基拦住）

米　基　卢。

卢　（感到古怪）什么事，米克。

昆　廷　（仰望苍天）天哪！

米　基　我已经受到传讯。

卢　不可能！（米基点头，呆视着地面。卢抓住他的一只胳膊）噢，真对不起，米克。不过，让我说几句——也许能使你的心情平静下来：一旦你站在他们面前，也就没什么可怕的了！

昆　廷　我的上帝啊！

卢　除了——自身之外，除了自己的实话之外，事事都好像被置之度外。

米　基　（停顿片刻）卢，我已经被他们传讯过一次了。这是两个月以前的事。

卢　噢！那他们为什么还要传讯你呢？

米　基　（停顿片刻，脸上皮笑肉不笑地）我自己要求再作一次证。

卢　（困惑，张大眼睛）为什么？

米　基　（仔细考虑如何说）因为我想说实话。

卢　（开始感到疑虑）从——哪种意义上说？你这是什么意思？

米　基　卢，我上次离开听证会的时候，觉得并不是我自己开口说了话，而是别的什么在无意识和非人性地作了回答。我扪心自问，自己拒绝回答到底为了保护什么呢？卢，务必听我说完！至于那个党吗？我跟你一样，已经蔑视它好多年了。但是，我想到要供出人名就好像有什么东西封住了我的嘴。我在捍卫什么呢？现在看来这是一场梦，一场要求团结的梦而已。可是，事实上，我跟那些我叫得出名字的人并没有什么团结可言——只有你例外。倒不是因为我们一起入了党，而是因为我们从年轻的时候起就相处在一块儿。因为我们——我们把它当成一种兄弟情谊，来对抗世上的一切不公。因此，我现在应当从这种爱的名义出发，忠于自己。卢，事实的真相，也就是我自己内心的真实看法，是那个党耍了阴谋——让我说完。我认为咱们都受了骗；他们利用我们那种渴求正义的愿望，让我们为苏联服务。所以，我认为咱们再也不能因为反动分子说出了这一事实而拒绝承认这一点。我的建议是——咱们应该试着把这种政治陷阱跟咱们相互之间的爱慕之情分开来。我现在所说的，也正是过去五年当中咱们之间所谈论过的。

卢　那么——你的意见呢？

米　基　咱们一起去。跟我一起去回答问题。

卢　供出——那些人名？

米　基　对。我跟参加过那个小组的其他人都谈过了。

除了沃德和哈利之外，大家都同意我的意见。只有那两个家伙把我骂了个狗血喷头，把我轰出来。当然，这也是我早就料到的事。

卢　（茫然）让我想想——你这不是先征得我的同意然后再去告发我吗？（停顿）你原可以不提我的名字。（开始浑身发抖）米基，如果你这样做，你就是为了自己飞黄腾达而出卖我。如果你利用我的名字，我就会被解聘，你就毁了我，毁了我的前程。

米　基　卢，我认为我有权确切知道你为什么——

卢　因为如果每个人都背弃信仰的话，那就谈不上还有什么文明可言了！这就是为什么要说那个委员会体现了一帮市侩的嘴脸！你跟那帮声名狼藉的狗腿子谈论真理，谈论正义，真使我大吃一惊！他们休想从我嘴里套出一句话来！也休想从我嘴里挤出一个字来！绝对办不到——为了保住你那十一个房间的公寓，为了保住你的小汽车，为了保住你的钱财，也不值得你这样干！

米　基　（变僵硬）这是撒谎！你不能把这全归咎于为了钱，卢！这只是表面现象！

卢　（转向他）这里只有一种真相，就是你被吓破了胆！你的灵魂已经被他们收买了！

［埃尔茜在上层高台上出现，聆听。露易丝上，观看。

米　基　（生气地，但有节制地）你的灵魂呢？卢！你的灵魂都属于你自己吗？

卢　（开始落泪）你胆敢谈论我的——

米　基　（气得浑身发抖）你如果想严加责人，就得先严加责己，不对吗？你真学会了这种高尚的道德——做一个完人了吗？你从苏联旅行回来时的情景，我还记忆犹新，我记得是谁叫你把你的著作第一稿投进了我的壁炉！

卢　（瞟了埃尔茜一眼）思想！

米　基　我看到你烧掉了一本真正的书，又写了一本谎话连篇的书！因为那是埃尔茜要求你这样做的，因为她把你吓唬住了，因为她掌握了你的灵魂！

卢　（在空中挥动拳头）我向你提出抗议！

米　基　可这是出自你的良心呢，还是出自她的良心？谁在跟我说话，卢？

卢　你是魔鬼！

［卢恸哭起来，朝埃尔茜走去，走了几

步跟她碰头，她惊恐失色。米基在舞台前部，从正面看着站在灯光边缘处的昆廷……

米　基　（揣摩他的心情）我猜，你想找个人跟你一起润色你的辩护状吧？（略停）昆廷——

［昆廷犹豫一下，但是没有顶撞他，然后转向他。

再见，昆廷。

昆　廷　（闷闷不乐）再见，米基。

［米基下。

埃尔茜　他不懂什么是道德！

［霍尔佳进入上层高台，昆廷转向埃尔茜，也许是由于他的目光，也许是由于她心灵深处的敏感，她裹紧了自己紧握着的浴袍。

这简直叫人难以置信，是不是？

［露易丝下。

昆　廷　（平心静气地）是。

埃尔茜　过去一直是好朋友！他俩的交情深得很！而且

是多年的知交!

[她走向卢，把他搀扶起来，体贴地领他下。

[集中营的瞭望塔重新出现，昆廷离开别人，慢慢朝瞭望塔走去，抬头仰望。

[霍尔佳拿着鲜花走下台阶，离昆廷有一段距离，昆廷转向她。

昆　廷　你——爱我，是不是?

霍尔佳　是。

[他犹豫片刻，倏地转向听者，大声说。

昆　廷　我是在寻求那种从来没有过的纯朴而坚定不移的感情吗?

[霍尔佳下，现在露易丝走近他，只剩下他们俩。

露易丝　昆廷，我想弄明白你在前一天晚上的聚会上为什么对我大发脾气。

昆　廷　我没有大发脾气；我只不过感到每当我开始说话时，你总要插嘴解释我要说的话。

［他走开，拿了一张纸，坐下。

露易丝　那是因为我喝了点酒，有点醉醺醺的。我觉得高兴的是别人都在躲躲闪闪的时候，你却没有那样做。

昆　廷　说得对。不过，马克斯在场，德弗里斯也在场，他们也觉得不能躲闪。我一心想打赢卢的这场官司，倒不是为了从道义上压倒那家事务所——我觉得你正在把我推向一种危险的境地。

露易丝　昆廷，在我谈到那种抗病毒的新疫苗时，我发现你生气了。

［他竭力回想，相信她的话没错儿。

这是怎么回事？我一想表明自己的见解就好像威胁到你。我认为你根本不想让我高兴。

昆　廷　（感到迷惑不解，但明显地有所让步）我对你说实话吧，露易丝，我感到对自己不再存有信心了。我为承办卢的案子感到高兴。但是我最近才恍然大悟，没有任何一位受人尊重的律师会再过问他的事。人们之间那种奥妙的联系再也不存在了。然而，我过去一直是依靠这种联系的，我向来不大相信人就这样轻易地给撇开，这比政治问题还重要。

我觉得，这叫我有点惶恐不安。

露易丝　（希望得到他的同情，没有责备的意思）那你就应当知道我在你的衣服兜儿里发现那封信时，心里该是什么滋味。

昆　廷　（转向她，有所感触）露易丝，我那样做并非想甩掉你。（她没有回答）我还当那个姑娘的事我们早已了结了。是不是就是指那件事？（她仍然没有回答）你是不是认为我还在——

露易丝　（冲着他）我不知道你这是什么意思。我记得你提到过多年前另一位姑娘的事，但是在那之后，今年春天又出事了——我还蒙在鼓里。

昆　廷　（稍停）那就跟我说说吧，在前一天晚上那次聚会之前——实际上有整整一年，我还当你好像快活多了。露易丝，我向上帝发誓，在那天晚上之前，我一直认为咱俩的关系正在好转呐。

露易丝　怎么会呢？

昆　廷　我一直力图表明我对你的看法，这你已经感觉到了，是不是？

露易丝　昆廷，你对我恨之入骨，你以为我看不出来吗？

昆　廷　最叫我厌烦的事就是自己总站在被告席上，露易丝。你在这里是一名单纯的旁观者吗？

露易丝　我说过我确实做过努力；长久以来，我对你的要求并不高。

昆　廷　你是指前年夏天，你并没对我说，我如果不改变作风，你就要跟我离婚？

露易丝　我从来没说过我打算——

昆　廷　你说过如果到了那种地步，你就跟我离婚——这不也是一件好事吗？

露易丝　说真的，不应当让男人假充医生，让他给第一个弄到手的女孩子看病。

昆　廷　你还想怎样奚落我？我对自己干过的事很后悔。可我认为自己已经解释过了——我觉得没事儿；我不该那样做，可我做了，我采取了我知道的唯一手段来——

露易丝　昆廷，我也是这么看。不过直到现在，你还对这种事遮遮盖盖。

［这一事实使他闭口无言。

昆　廷　那你——你一点也不应当受到责备吗，呃？

露易丝　我怎么了？

昆　廷　譬如说——你在床上从来没有背过脸不理我吗？

露易丝　我从来没有背——

昆　廷　可你有时确实背过脸不理我，露易丝。我不蠢。

露易丝　那你期望什么呢？一言不发，冷冰冰地把你的手放在我身上吗？

昆　廷　（无以对答）嗯，我——我想，我不善于表达自己的感情。（略停。他渴望得到她的同情）露易丝——我其实日日夜夜惦记着你。

露易丝　（这话起了作用，但还不够）如果你有个孩子，我猜那才能叫你放心不下呢。

昆　廷　（伤心透顶）还有什么话要说吗？

露易丝　（理智地）瞧，昆廷，你要一个女人制造出一种从不存在任何争论的气氛。于是你就可以经常在一片赞扬声中扬扬得意——

昆　廷　不过，受到点赞扬我并不反对，赞扬又有什么坏处？

露易丝　昆廷，我不是一架颂扬机器！我不是浑浑噩噩的人，也不是你的母亲！我是一个独立的个体！

昆　廷　（瞪着她，揣摩她的心理）我现在明白了。

露易丝　这不算什么罪过！只要你已经长大成人，更是如此！

昆　廷　（心平气和地）我想是的。不过，这真使我感到有点困惑不解。事实上，当我发现卢在他过去的学生当中奔走求助而没有人理睬他的时候，我就产生了同样的想法——

露易丝　这跟卢又有什么关系？我认为了不起的是你——

昆　廷　对，我正在做一件你所说的了不起的事，是因为我经不起——做一个独立的个体。我是这样想的。从内心里不想让别人把我看成是红色律师，不想让报界把我活活吞噬掉；如果到了那种地步，卢是能够为自己辩护的。但是，当那位一心只想使世界变好的、心碎了的体面人物坐在我的办公桌对面时——我不能说，因为我们都是独立的个体，在兴趣爱好上我就跟他大相径庭了，如果他不能有所改变，我就要把他送进地狱！

露易丝　你完全弄混了！卢的案子没有任何一点——

昆　廷　（苦思冥想）我正是要把自己的困惑告诉你！

我认为米基也成了一个独立的个体——

露易丝　你真让人不可思议！

昆　廷　我想起了我的母亲，我认为她也差点儿变成——

露易丝　你是不是把我等同于——

昆　廷　露易丝，我在请求你给我解释下这点，因为这就是我搞不懂的地方！在你最终成了一个独立的个体时，究竟会带来什么样的结果？

露易丝　（似乎自豪地）思想上的成熟。

昆　廷　我不明白，你这是什么意思。

露易丝　这就是说，你意识到了别人的存在，昆廷。我的分析不是毫无根据的。

昆　廷　（诧异地）这也许是某种典型案例的象征，但是，我敢发誓，露易丝，如果你能有一次像现在这样痛快而自愿地在我面前说，某一件重要的事是由于你的过失而造成的，并为此表示歉意的话，那会对你大有好处的。

［她出于自尊心而沉默不语，再次拒绝屈服。

露易丝？

露易丝　上帝啊！多蠢的白痴啊！（下）

昆　廷　露易丝……

［他阅读自己的文件，灯光变换。响起轻音乐声。出现一些陌生人在公园里闲逛，坐下，或者躺下。

人的思想呐，天才能摆平呢，那真像是由四五个挂钩吊着的一块挂毯，左右摇摆不定。尤其是你成为一个不合时宜的人的时候，更是如此。我猜想这是因为原则消失了，你开始看清真相，而不是原有的那种灰蒙蒙的一片。连公园里的长凳也像活了一般，支撑着许多讲究实际的人。“现在”这个词犹如一枚从窗户里扔进来的定时炸弹，在滴滴答答地作响。

［一位老妇人提着一个装有鹦鹉的笼子走过来。

瞧，一个女人带着鹦鹉散步。她要是死了，那个鹦鹉会怎样？样样事都会一下子造成不堪设想的后果。

［一位穿花呢子衣服的朴实姑娘读着一本书走过。

一位朴实的女子需要多么勇敢才行啊！她受过良好的教养，不会去放火烧掉艺术博物馆。

［一个黑人上场，打手势借火儿，昆廷给他点上。

洗澡间设在另一层楼上，可他怎么竟会打扮得这样整洁呢？他刮脸的时候想必挺生气。

［黑人看见他的女朋友，急下。

（独自一人）我为什么一到天黑总得回家不可呢？

［玛吉上场，找人；这时昆廷坐在公园的长凳上。

总有一个匀称、表面可爱、无可否认的道理吧。

玛　吉　请问，您看见一个男人牵着一条大狗了吗？

昆　廷　没有。不过，我看到一个女人提着一只鸟笼。

玛　吉　不对，不是她。这是公共汽车站吗？

昆　廷　是的，牌子上写着——

玛　吉　（坐在他旁边）我在那边站着，一个男人牵着一条大狗走过来，把牵狗的皮带塞到我手里就走了。我追他，想把狗还他，可那条狗不动弹。随后来了另一个男人，接过皮带就把狗领走了。可我认为确实不是他的狗。我认为那是头一个男人的狗。

昆　廷　那他显然不想要了。

玛　吉　他也许是想把狗送给我。我猜准是那另一个男人正好看在眼里，估量着他能弄到一条不用花钱买来的狗。

昆　廷　这么一说，你倒想要那条狗，是不是？

玛　吉　我怎么能养狗？我知道我住的地方根本不允许养狗。这路公共汽车开往哪里？

昆　廷　第五大道。这边是下行。你想去哪儿？

玛　吉　（思忖一下）好，我可以到那儿去。

昆　廷　去哪里？

玛　吉　市区。

昆　廷　那边有许多好玩儿的，是不是？

玛　吉　唔，他也许觉得我喜欢狗。假如有办法养的话，我当然就会养一条啦。可是我连冰箱还没有呐。

昆　廷　对了，我猜他准是以为你已经有了冰箱。

［她耸耸肩膀。停顿。她观望公共汽车，他瞧着她，再也无话可说。

露易丝　（出现）你不跟任何女人交谈——不像女人那样多嘴多舌！你认为读你的辩护书就等于跟我交谈

了吗？（下）

［昆廷心情紧张，向前屈身，胳膊放在膝盖上；他再次瞧着玛吉。

昆　廷　（勉强地）你在干什么工作？

玛　吉　（好像他该知道）在电话交换台值班。（笑）您不记得我了吗？

昆　廷　（吃惊）我？

玛　吉　我每天早晨都从小窗户里向您点点头。

昆　廷　（稍顿）噢。传达室里！

玛　吉　没错儿！是玛吉！（指着自己）

昆　廷　当然！你有时候给我接通电话。

玛　吉　你以为我是跑上来搭讪的吗？

昆　廷　我没有想过。

玛　吉　（笑）你肯定有想法的！我猜是你从来没有看到过我的全身。我是说，你只从那个小窗户看到过我的脑袋。

昆　廷　哦，现在终于看到你整个人了，真太好了。

玛　吉　（笑）你晚上还回去工作吗？

昆　廷　不回了，我才休息几分钟。

玛　吉　（觉出他的寂寞）噢，休息一下也不错。（懒洋洋地四下环顾。他从上到下打量她一番）我是不是该乘哪路公共汽车？

昆　廷　我还没弄清你想去哪儿……

[一个男人上，打量她，朝公共汽车的方向瞟一眼，又回过头来凝视着她。

玛　吉　我想找一个折扣店。我刚买了一架留声机，可只有一张唱片。再会！

[几乎是倒退着走近那个男人。

男　人　在二十七街和第六大道交叉处有一家。

玛　吉　（转身，吃惊）噢，谢谢！

昆　廷　（站着）你要知道，前边拐角处就有一家唱片店。

玛　吉　全是打折的吗？

昆　廷　嗯，全是打折的——

男　人　（挽起她的胳膊）能打多少，九折？走吧，宝贝儿，我不费吹灰之力就能给你找到半价的。

玛　吉　（对那个男人，开始跟他走）真的吗？可是一张佩里·沙利文……？

男　人　听我说，我送你一张——送你两张佩里·沙利文唱的。走吧！

玛　吉　（停步，突然意识到了什么，抽出胳膊，向后退）对不起，我——我——忘了一样东西。

男　人　（伸手过来抓她）喂，我送你十张唱片。（朝远处喊）别关车门！（抓住她）快！

昆　廷　（向他走过来）你要干什么？

男　人　（松开她，对昆廷）哦，滚开！（他慌忙离开）等等，别关车门！

［昆廷瞧着“公共汽车”开走，然后转向她。她正在专心整理头发——但是露出一种古怪而苍白的表情，挪动一下。

昆　廷　对不起，我还以为你认识他。

玛　吉　不认识，我根本没见过他。

昆　廷　那——你要跟他去干什么？

玛　吉　他说他知道一家折扣店。你说的那家店在哪儿？

昆　廷　我得想一下。让我想想……

玛　吉　我能跟你坐在一起吗？你只管想，行吗？

昆　廷　当然可以！

［他们回到长凳那儿。他让她先坐下，她察觉了这种礼貌；等他坐下时，她瞥了他一眼。接着她正面瞧着他，感到有点吃惊。

你常碰到这种情况吗？

玛　吉　（坦率地）经常。

昆　廷　因为你好跟他们讲话。

玛　吉　他们跟我说话，我不好意思不理睬啊。

昆　廷　如果他们蛮不讲理的话，就甭理他们，转过脸去就行了。

玛　吉　（掂量着昆廷的话，犹豫地）哦，好吧。（好像依稀意识到了另外一个世界，他的世界）不管怎么说——是您给我解了围，真是感激不尽。

昆　廷　没什么，谁都会这么做的。

玛　吉　并非如此，别人只会看笑话。我只不过是他们的笑料而已。您——要在这儿休息很长时间吗？

昆　廷　只几分钟。我是在回家的路上——我从前并不这样。

玛　吉　噢！看起来您好像一贯如此。好像您能在这些树下一坐就是几小时苦思冥想似的。

昆　廷　没有，通常我都是直接回家的。（咧嘴笑笑）我一向直接回家。

玛　吉　您知道，我还付着分期付款的留声机钱呢，可他们不准时出售唱片。

昆　廷　我猜，他们准是怕留声机坏得早吧。

玛　吉　噢，准是这个原因！我也一直在纳闷儿。因为你那么容易就能买到一架留声机。这您是怎么知道的呢？

昆　廷　我只不过是瞎猜猜罢了。

玛　吉　（大笑）我可从来没有想到过这种事！我不理解他们为什么只做一半生意！（她笑得更欢了，他也笑了）我原先在华盛顿倒有十张、二十张唱片，但是我的朋友病了，我不得不离开。（略停，思忖）他就住在公园大道那边。

昆　廷　哦，他好些了吗？

玛　吉　他去世了。

［她顿时潸然泪下。

昆　廷　（茫然不知所措）这是什么时候的事？

玛　吉　上星期五。记得那天他们都停止办公了吗？

昆　廷　你是指——（惊讶地）克鲁斯法官？

玛　吉　是。

昆　廷　噢，我不知道你跟他——

玛　吉　是的。

昆　廷　他是一位了不起的律师，也是一位出色的法官。

玛　吉　（擦去眼泪）他待我很好。

昆　廷　我参加了他的葬礼，怎么没看到你呢。

玛　吉　（抑制不住眼泪）他太太不让我参加。他临终前，我赶到了医院。可是他家里的人把我轰了出来——我听见他在喊："玛吉……玛吉！"（稍顿）他们一再表示要给我一千块钱。可我什么也不想要，一心只想再见他一面！（打开钱包，取出一个公用信封，打开）看见了吧，我这里有一把土，是从他坟上抓来的。他的司机亚历山大开车送我出来的。

昆　廷　你对他的感情很深吗？

玛　吉　不，事实上，有好几次我真的离开了他。

昆　廷　你们为什么没有一刀两断呢？

玛　吉　他不让我那样做。

昆　廷　哦。（稍顿）那你如今怎么办？

玛　吉　我如果能找到一家折扣店，就想买张唱片——

昆　廷　我不是指现在，而是指今后。

玛　吉　怎么，他们会解雇我吗？

昆　廷　哦，这可不知道。

玛　吉　不过，我并不担心，因为我随时都可以再去干发型展示那一行。

昆　廷　去哪里？

玛　吉　我做过发型展示。（笑，拿着一个想象中的瓶子朝头发上喷）大百货商店里有这种差事，您知道吗？有一次，我差点上了电视。（在他下巴下边歪着脑袋）这是因为我的头发很厚，您明白吗？就跟我母亲的头发一样，没有碎头发。您看出来我没有碎头发了吗？多数女人有碎头发。您摸摸看——（拿起他的手去摸她的脑袋，又突然松开手）哦，对不起！

昆　廷　没关系！

玛　吉　我想您也许愿意摸摸我的头发。

昆　廷　那还用说。

玛　吉　摸吧，我是说您乐意摸就摸摸吧。

［她再次把脑袋朝他伸过去，他抚摸一下她的头顶。

昆　廷　是很柔软，一点也不假。

玛　吉　（自豪地）有一次，在不到十分钟的时间里，我就把内扣的齐肩发型改成朝上的蓬松发型了！

昆　廷　那你怎么不干了？

［一个学生坐在附近看她。

玛　吉　他们开始把我送到各种聚会场合去，您要知道，他们要你讨别人喜欢。

昆　廷　原来是这么回事。

玛　吉　有些事我不再喜欢干了——（瞧一眼那个学生，后者羞怯地扭过头去）他们从书本上抬起头来看人，那模样多可爱呀！

［学生下，露出伤心的样子。她笑着转向昆廷。他热情地瞧着她，面带微笑。远处的塔顶上，时钟打了八下。

昆　廷　哦，现在我得走了。

玛　吉　原谅我，让您摸了我的头发。

昆　廷　哦，那没关系。我不是那么坏。

［他窘迫地微微一笑。

玛　吉　害羞并不是件坏事。

［稍停。他俩对看一眼。

昆　廷　你长得真漂亮，玛吉。

［她微笑，挺直身子，好像他的话打动了她的心。

我希望你知道好好照顾自己。

玛　吉　嗯……（捏着裙子上一条破了的缝）这是我今天早上在公共汽车上挂破的，回家就缝上。

昆　廷　我不是说这个。

［两人目光再次相遇——她好像受到了责备似的。

我不是批评你，丝毫没这个意思。你能理解吗？

［她点头，盯视着他的脸。

玛　吉　我理解。我想去公园溜达一会儿。

昆　廷　你不应当再去公园散步，天黑了。

玛　吉　可是夜景很美啊。有一天晚上，我房间里闷热得要命，我就睡在公园里。

昆　廷　天哪，可别那样干。（看看公园里闲逛的人）那里有许多畜生都没给关在笼子里。

玛　吉　那就算了。我去买张唱片。方才我叫您摸我的头发，如果使您感到尴尬，那就请原谅。

昆　廷　没有的事。

玛　吉　（退下时，摸摸自己的头顶）只是因为我没有碎头发，才叫您摸摸看。（他点点头）我回家就缝上裙子上这个口子。（他点头。她指着舞台后部的公园）我不是说睡觉，只是说打了个盹儿。

［几个年轻人站起来，盯视着她。

昆　廷　我理解。

玛　吉　好吧……再见！（笑）但愿他们不要开除我！

昆　廷　再见。

［她越过两个男人，他们步步紧跟着她，同时在她耳边低语。她不回头，也不答话。没多会儿，一群男人把她团团围住了。昆廷痛心地走上前去，把她从人群中拉出来。

玛吉！（他从口袋里掏出一张钞票，拉她穿过舞台）拿着，干吗不叫辆出租汽车走呢？我来付钱。去吧，那边有一辆！（指点着，朝舞台后边和右边吹口哨招呼车辆）快去，别让它走了！

玛　吉　可我告诉他去哪儿，去哪儿呢？

昆　廷　就说到四十街附近兜兜风吧——钱够你到那儿。

玛　吉　好吧，再见！（回过头来）您——您还要再休息会儿吗？

昆　廷　我也不知道。

玛　吉　噢，回答得真妙！

［男人们走开，露易丝这时从昆廷和玛吉中间上，朝舞台前部她的座位走来。玛吉转身，走到二层高台上，像先前那样躺下。昆廷朝露易丝走来，在离她几码远的地方停下，瞧着她。她在看书，没注意到他。

昆　廷　是啊，她有腿，乳房，嘴，眼睛……多漂亮啊！我自己的女人！真是个奇迹！又在我自己家里！（他弯腰吻一下露易丝，露易丝抬头惊讶而困惑地瞧着他，点着一支烟）你好。（她继续盯视着他，意识到两人之间的隔膜）怎么回事？

（她仍然不说话）喂，出了什么事？

露易丝　没出什么事。

［露易丝继续看书。他感到莫名其妙，有点失望，站在那儿观察，然后打开手提包，动手拿出文件。

你要是打字的话，请关上门。

昆　廷　我一向关门。

露易丝　不尽然。

昆　廷　差不多总是关上吧。（他几乎笑出来，感到心里轻松了许多，但她并没有给逗乐，又接着看书）明天咱俩出去吃晚饭好吗？在开家长会之前？

露易丝　什么家长会？

昆　廷　学校的。

露易丝　那是今天晚上的事。

昆　廷　（惊愕不已）真的？

露易丝　当然，我刚从学校回来。

昆　廷　我今天打电话的时候，你为什么不提醒我一下呢？你知道我好忘事。我跟你说过，我想跟她的老师谈谈。

露易丝　（更尖锐地）一个人想干什么就自己动手干什么，昆廷。（心不由己地大声说）你说过，今天晚上得去上班！（继续看书）

昆　廷　我没去上班。

露易丝　（看着书）我知道你没去上班。

昆　廷　（吃惊，开始感到惶恐）你怎么知道的？

露易丝　首先，马克斯在七点半的时候打来了电话。

昆　廷　马克斯？什么事？

露易丝　显然是事务所执行委员会全体成员今天晚上都在他的办公室等着你呐。（他的一只手举向头部，脸上明显地露出惊惶的表情）事实上，他打了三次电话。

昆　廷　天哪，我——我怎么把这事忘了？他家电话号码是多少？

露易丝　电话簿在卧室里。

昆　廷　我们原打算讨论一下我受理卢那桩案件的问题。德弗里斯今天晚上待在城里就是为了——解决这个问题的。（停顿）马克斯的电话号码是多少？默里山，三……什么来着？

露易丝　电话簿就在床旁边。

昆　廷　你记得，默里山，三……

露易丝　在电话簿里。

［稍停。他瞧着她，迷惑不解。

我不是你的电话号码保管员。你完全能跟我一样记得准。甭用那个电话，那会把孩子吵醒。

昆　廷　（转身）我没打算在里面打电话。

露易丝　我还当你也许想保密呐。

昆　廷　这没有什么要“保密”的。它关系到你的饭碗。据我所知，开会是要决定，我是否应该在卢的案子结束之前，辞掉事务所的职务，或者永远辞掉。（想起了电话号码，走向电话）我想起来了——默里山，三……

［她瞧着他向电话走去。他拿起电话，拨了一个号。她很不情愿地……

露易丝　那是一个旧号码。

昆　廷　默里山，三—四五九八。

露易丝　号变了。（稍停）科特兰，七—七〇九八。

昆　廷　（她没有面对着他；他感到自己的想法胜利了）谢谢。（再拨，放下电话）我不知道该对他说什么好。（她默不作声）是我们安排好的，晚饭后每个人都回来。可我把这事忘得一干二净，真有点太不像话了。

露易丝　也许是你被吓破了胆。

昆　廷　可是整个下午我都在准备今天晚上的发言！这真是难以置信！

露易丝　（讽刺地）也许你没意识到自己被吓成了什么样子。

昆　廷　我没意识到。今天马克斯提到了一件可怕的事。他企图说服我放弃卢的案子，我说："正因为国内有歇斯底里现象，我们更应当谨慎，不要轻易采取新的行动。"我认为说这种话是很平常的事，但是他——他却以一种不同寻常的目光瞪着我，好像一下子我们俩分别站到了两个相距很远的山顶上。他说："我从来没听说过有什么歇斯底里现象，至少在这个办公室里没有。"

露易丝　这为什么会叫你那么吃惊呢？马克斯不想因为替一个共产党人辩护而危及他的整个事务所，可你想借此拉拢关系。

昆　廷　你的意思是——

露易丝　我的意思是说你没法儿事事如意；你如果太同

情卢，就有可能非辞职不可。

昆　廷　（稍停）你认为我应当辞职吗？

露易丝　那就取决于你对卢同情到什么程度。

昆　廷　我正试图搞清楚这点，可现在还拿不准。你怎么看？

露易丝　这不该由我来决定，昆廷。

昆　廷　（困惑，吃惊）可你不也卷进去了吗？

露易丝　我当然也卷进去了。

昆　廷　我只是好奇你怎么——

露易丝　你？对我好奇？

昆　廷　哎，咱们离题太远了吧。

露易丝　（强调地点点头）你得决定你对某一个人到底有多少同情心。一生也就这么一次。然后，你也许才能决定对其他人有多少同情心。毫不含糊，而且果断。

昆　廷　换句话说……今天晚上我到哪儿去了，是不是？

露易丝　我不管你今天晚上到哪儿去了。

昆　廷　（稍顿）我在公园附近坐了一会儿。我想是这样的。（吞吞吐吐地）我没跟别的女人睡觉，可我感到自己的行动却又像是那样。（她在倾听。他注意到了这一点，心中燃起希望）我想引起你对我的怀疑，也许为的是——摆脱律师的架子，不再那么完美地裁判别人。因为我确实干过裁判这类事，而且很严厉——问题是我有时也困惑不解，我甚至不知道自己留下那封信是不是就是为了让你知道那位姑娘的事——为的是表示自己的真诚。（尽管心慌意乱，但见她犹豫不决，反而受到鼓舞）今天晚上，我遇见一位姑娘，她是事务所的电话员，正巧从那里路过。也许我不该告诉你这件事，可我还是要说。她是个反应迟钝、有点傻乎乎的女孩子，在公园里睡觉，裙子也破了。她净说些荒唐的事。但是有一件事给我留下了很深的印象。她在那里就像一棵树，一只猫，既不为什么辩护，也不维护什么原则，更不责备什么。我站在她身边感到空虚。我发现人们在用抽象概念相互厮杀。我为卢辩护是因为爱他，但是社会却把这种爱看成是一种背叛，人们称之为一大问题，结果我受到了怀疑和怨恨。为什么我们不能避开这些“问题”谈谈自己内心真正的疑惑呢？我一回到家——就迫不及待地要向你倒出我内心的秘密。你也向我道出你心里的话。这座城市里充满了急急忙忙赴约相会的人，听起来好像很荒谬，到处都有一对对的情人。

露易丝　她说了些什么？

昆　廷　我觉得不应当告诉你。

露易丝　为什么不呢？

昆　廷　露易丝，我不再知道哪些该说了。

露易丝　（点头）你拿不准哪些该隐瞒。

昆　廷　（生气地）好吧，那咱们就什么也不隐瞒，要跟她做爱，是件很容易的事。（露易丝脸红了，绷着脸）可是因为我想起了你，所以我没有那样干。这样不同往常——我自己也感到不可思议。而且出现了奇迹，你正在家里等我。

露易丝　你想听到我的祝贺吗？你能相信一个正派的女人会跟任何一个路过的男人去睡觉吗？或者一个正派的男人会跟任何一个要他的女人去睡觉吗？何况她还是个妓女。她分明是个妓女，对不对？

昆　廷　你怎么知道她是个——

露易丝　（笑）哦，对不起，我没有要侮辱她的意思！是你叫人不可信任！我如果回家来告诉你，我在大街上遇见了一个男人，因为他叫人觉得城里到处充满了一对对的情人，我便想跟他去睡觉，你会觉得怎么样呢？

昆　廷　（受到羞辱）我明白了。对不起，那也会使我生气的。不过，我会觉得你内心在做斗争。我会扪心自问——甚至也许会大着胆子问你——我怎么在婚姻上遭到了这样的失败。

露易丝　你向我打过了招呼；我接受了信息。（向外走）

昆　廷　露易丝，那你有没有怀疑过自己呢？（大声说）人接近死亡的时候，如果能澄清一个案子，甚至打赢一场官司，是不是就心满意足了呢？

［米基上，站在舞台边缘。埃尔茜在二层高台上出现，像刚才那样掀开浴袍。

露易丝　（转身，镇定自若地）我还没有接近死亡，我也不是想拆散这个家庭的人。这正是问题的核心。三年来一直存在的根本问题，就是你不想要我了！（下）

昆　廷　（自言自语）上帝啊！这能是真的吗？

米　基　小伙子，有一点我可以肯定地对你说——心中别老感到内疚。

昆　廷　对！（朝上伸两只胳膊，缓缓劲儿）对！（但是他的信念动摇了，转而求助于幻想）不过，如果你更多地是感到内疚，也许就不会……

埃尔茜　（穿好浴袍）他是个道德高尚的白痴。

昆　廷　对！说得对。可是……道德到底是什么呢？我是个什么样的人……居然问出这样的问题？一个男子汉应当知道——一个正派人完全应该懂得这一点！

［露易丝拿着一张叠好的被单和一个枕头上。

露易丝　我不想跟你一起睡。

昆　廷　露易丝，看在上帝的分上！

露易丝　你叫人恶心！

昆　廷　可是，贝蒂早晨会看到……

露易丝　你早就该想到这一点。

［电话铃响。他瞟一眼，没去接。

你把电话号码告诉她了，是吗？

［电话铃又响起来。

你把电话号码告诉她了，是吗？（她一边说着，一边去接电话）喂！嗯，是的，他在，请等一下。

昆　廷　我不能睡在外边这个地方。我不想让她看见。（他带着怨恨的神情，朝电话走去）

露易丝　是马克斯。

［他吃惊地从她手中接过电话。

昆　廷　（对着电话）是马克斯吗？对不起，我——把那件事忘得一干二净。我不知道该怎么解释好。我就是忘了。（略停）广播？没有，为什么？……什么？什么时候？（停顿一阵）谢谢……谢谢你告诉我。嗯，他是那样。晚安……嗯，明天早上见。（挂上电话，稍停，他站在那儿呆视着前方）

露易丝　出了什么事？

昆　廷　卢今天晚上被一列地铁列车轧死了。

露易丝　（目瞪口呆）怎么回事？

昆　廷　他们也不知道。据说，"他不是掉下去的，就是跳下去的"。

露易丝　不可能！准是人群把他挤下去的！

昆　廷　晚上八点钟乘地铁的人并不多。八点钟。

露易丝　那又是为什么呢？卢有自知之明！他知道自己该站在什么地方！这事不可能！

昆　廷　（凝视）也许光有自知之明还不够，也许是聪明过头了。我猜他是有意自杀的。

露易丝 那又是为什么呢？简直无法想象！

昆 廷 上个星期，我见到他时，他说了一桩可怕的事，我装没听见。

［稍顿。她在等待他说。

他说事实证明现在只剩下我是他唯一的朋友了。

露易丝 （真诚地）这有什么可怕呢？

昆 廷 （回避地，闪烁其词）就是可怕。我也不明白为什么。（眼泪汪汪，向听者走去）过去我不敢承认为什么！可我现在敢了。令人感到可怕的是因为我也不再是他的朋友，而且他也知道这一点。我本应当坚持到底，可我害怕惹祸上身，他看透了我的忠诚，并没有对我说明我是个什么样的朋友，只央求我做他的朋友——他对我说："做我的朋友吧，昆廷！我要淹死了，快扔给我一根救命绳索吧！"因为，我想脱身，想再做一个善良的美国人，一个正派的犹太人——他看出了这一点，现在由于地铁里发生的事，使我摆脱困境而松了口气……松了口气，这也证实了他对我的看法。所以，对我来说，这并不奇怪……

［瞭望塔闪亮，他盯视着它，走过去。

对我来说，这并不是人性的离经叛道。

我可以轻易地看到十分正常的承包商叼着雪茄在监工，看到木工和管子工悠然自得地坐在提桶前吃午饭，看到他们铺设管道，以便排除这座建筑物里被杀死的人流的鲜血，看到心地善良的父亲和忠诚的儿子，由于别人会死去而庆幸自己活下来。一个人如果天真无知，怎么能理解这一切呢？每当一个累赘死去……而你安全无恙地幸存下来的时候，你那灵魂深处就没有那种庆幸、庆幸、庆幸的共鸣吗？

［听见玛吉急促的呼吸声，他痛苦地转身，在露易丝脚下的被单和枕头旁边停下。

我累得要命，得去睡了。

［他弯腰拾起被单，她本想拾起枕头，但没做。

露易丝　（费力地）我——我一直为你受理卢的案子而感到自豪。（他拿起被单和枕头，呆立着）那样做很有胆量。（她空手站着，没有正眼看他）

昆　廷　我很高兴你能这样想。（他没有走动，时间一秒一秒地过去。他想道歉和要求原谅的愿望一点没有减弱。吞吐地）谢谢你这样告诉我。

露易丝　可是——在这方面你是很诚恳的。我常跟你这样说。

昆　廷　最近吗？

露易丝　晚安。

［她开始走开，可他感到她并不愿意离去。

昆　廷　露易丝，我一直想做的事，就是对你诚恳而坦率。

露易丝　并不是这么回事，你一贯是家里着了火还要到外面去应酬。

昆　廷　照你这样说，我是说谎成性，为人狡诈了。

露易丝　虽不能百分之百这么说，不过也差不多。

昆　廷　思想里没有斗争，内心也没有痛苦。没有跟你言归于好的挣扎？

露易丝　那不是挣扎。

昆　廷　不是的话，你还在这里干什么？

露易丝　我——

昆　廷　你如果真是那么真诚，那你干吗要自做妥协？

［他紧握着拳头朝她走去，她后退，十分惊恐，但态度依然强硬。她看出不会打起来，就站得笔直，不过也做出逃走的准备。

露易丝　我一直等着挣扎开始。

［她的真诚和强硬的态度使他震惊，她直直地看他一眼，转身下。

昆　廷　（喃喃自语）上帝啊，人间还能有比这更大的不幸吗？还能有比这更糟糕的事吗？（转向听者）看到了吧，这对我来说简直是不可思议——三年多了！我还能想出什么办法来挽回我们之间的关系呢？可是突然间，只有上帝才知道怎么回事，她伸出了手，我也伸出了手，在笑声中，在笑声中，一切不愉快的事，都烟消云散了——她那可爱而诚恳的脸又望着我的脸……（停顿，凝视着远方；露易丝在舞台上层像过去那样自豪地瞧着他）恢复内心隐藏的持久微笑才能起作用。这也许正是我来的目的。我认为自己仍然相信这一点。在笑声中，我们是最亲密无间的朋友！我不信任这个人间；所有的怨恨，对我来说，都不是真实的！（转向他的“起居室”和被单。这时露易丝已下）像狗一样蜷缩在我的起居室里睡觉，这有什么必要呢？那就到里屋去找她，把你的心掏出来，承认放荡不羁，倒出那些女人的秘密，说出一切……（他走到她方才离去之处，又停下）可我已经那样做过了。讲真话不是只能害死人吗？真话害死了卢，毁掉了米基。那么，人怎么样才能生存下去呢？靠弥天大谎吗？可是，人只有讲实话才能问心无愧！否则就丧失了良心。人间有一股力量在作祟，使人无法看到自身的邪恶，也无法看到正义！那就扼杀良心吧。扼杀良心吧。（朝她下场的地方瞥了一眼）事事都知道，可什么也不承认，得过且过，记着生日日期，记着开车门，不用实话而用关心来打动露易丝的心。一个人的时候可以彷徨，同床共枕时要坚定。就这样做人——在人间混日子。明天清早，我那可爱的小女儿见到这种情景，无疑会伤心的！（对着露易丝下场的方向）婊子！（坐下）我就说患了感冒，不想传染给妈妈。（轻蔑地）呸！呸，呸。（打喷嚏，装着用鼻音说话）我感冒了，小妞儿……

［他嘟嘟哝哝。稍顿。他呆视着。传来喷气式飞机的响声，一个机场服务员提着两个旅行袋上；霍尔佳穿着旅行服装，进入上层高台，四下里寻找昆廷。远处有一架喷气式飞机起飞的轰鸣声。昆廷看一下表，朝那把椅子走来……

六点钟，艾德威尔德机场。（他抬头瞥见霍尔佳，后者好像仍在人群中寻找他）对诺言不利的是证据，不过，不许下诺言，你怎么能接触世界呢？可我别忘了明天醒来时装作感冒的样子。我每天早晨睁开眼睛都感到像个孩子，就是如今，如今也那样。这我记得清清楚楚，但是，证据在哪儿呢？难道我的心脏还在跳动就是证据吗？……你要出去一下，当然，请便。

［他的目光跟随着那位离去的听者，然后站起来，任“后者”朝舞台后部走去。

我还要待一会儿，你不在意吧。我想把这事办完。其实我——（笑）——只是顺便过来打个招呼。

［他转身向前，凝视前方；这时只有他一人在场，感到松了一口气。舞台一片漆黑，只有他还在亮光中。然后，他看见瞭望塔，看见玛吉在第二层高台上离他不远的地方出现，她猝然站起。

玛　吉　昆廷？昆廷？

昆　廷　（痛苦地）我就过来，宝贝儿。（闭上双眼）我就过来。

［他用打火机点燃一支烟。全场灯光熄灭。

第二幕

舞台一片漆黑。先是一点火花，然后是一点火焰燃起。舞台灯亮，昆廷正在点烟——与前一幕没有时间间隔。他继续等那位听者回来，一边沉思，一边踱来踱去。这时，传来喷气式飞机声和机场广播员的声音："……从法兰克福来的旅客，由九号门入境，请旅客们……"接着是些乏味的废话。与此同时，霍尔佳像刚才那样，同机场服务员一起登上上层高台，后者放下包，下。她像是在人群中找人，过一会儿看到了"昆廷"，便踮起脚尖摆手。

霍尔佳　昆廷！我在这儿呐！在这儿！（一看见他走近，便张开双臂）你好！

［他从她那边又转向舞台前方的那位转回来的听者，朝他走过来。霍尔佳下。

昆　廷　哦。没关系，我等一下不要紧。还有多长时间？

［他坐在舞台前沿看表。玛吉在二层高台上出现，穿着镶花边的结婚礼服；服装设计师卢卡斯跪着缝那宽褶边，黑人女仆卡丽站在一旁，捧着她的面纱。玛吉处在一生关键的时刻，心情紧张，照照镜子。

现在我感到心里明白多了。

玛　吉　（恐惧和希望交织在一起）好了，卡丽，请他进来吧！（仿佛在试试那生硬的字眼）我的丈夫！

卡　丽　（走几步，停下）昆廷先生，您现在可以进去见她了。

［她们消失，昆廷继续面对听者。

昆　廷　爱情的破灭，使我困惑不解。可我对这也负有责任。

［霍尔佳再次进入亮处，在机场上找他。

这个女人我唾手可得。可我在这后半辈子不想再受到指摘，不想再受到她的指摘。

［霍尔佳下。他站着，焦虑不安。

我突然纳闷儿为什么自己想再次冒险，除非……

［费莉丝和母亲出现。

你认为你自己曾经绝对真实地理解自己吗？我也许梦想过这件事，我保证我觉得有一次在某处——大概是跟玛吉在一起吧——有那么一瞬间，我仿佛看到自己的一生，做过什么，周围发生了什么，连带今后应当干什么。这种幻觉，一会儿在我脑际萦回，一会儿消失，就像月亮在早晨那样苍白，如果稍有黑暗笼罩，它又会放出光芒。我想这和一股力量有关吧。

［费莉丝走近，准备解开绷带。

也许这就是她为什么总在我脑子里出现的原因。（他围着她转悠，盯视着）嗯，这是一股力量，是不是？居然能影响一个姑娘去做鼻子整形手术，能改变她的生活？……对，完全有可能。这使我感到惊恐，我祈祷上帝——（费莉丝举起一只胳膊）——但愿她停止为我祝福！（母亲在上层高台出现，他不安地笑起来，对自己心中那种莫名恐惧的力量惊愕不已）嗯，我认为这牵扯到一场骗局；我缺乏那样的力量。

［玛吉突然穿着男人服装出现，一边打电话，一边朝舞台中央摆着的那张大床走去。

玛　吉　（景仰而又怯生生地）喂？是——你怎么知道是我？（笑着躺下）你真的还记得我吗？是玛吉？那天咱们在公园里见过面。因为快四年了，所以我……

［他离开她，她继续在说话，但观众听不到她的声音。

昆　廷　（对听者，目光从玛吉转向费莉丝）是啊，我确实看到了她俩有些相似之处。

［笑声朗朗，霍尔佳出现在咖啡馆桌旁，旁边有一把空椅子，空中回荡着从咖

啡馆传出来的小提琴声。

霍尔佳　（对着旁边的空椅子）我喜欢你吃东西的姿态！你像一位帕夏[①]，像一个了不起的公爵！

昆　廷　（对听者，朝她看）是啊，又受到了崇拜！但是……这里的情况有点不同。（向霍尔佳走去，同时对听者）我现在正在谈论力量，别让我偏离主题。

［他坐在她旁边，霍尔佳在他说话时，表情起了变化，变得郁郁不乐，把脸别过去，像是伤了自尊心。他坐在她身旁对听者说。

有一天下午，我们坐在萨尔茨堡一家咖啡馆里，突然之间我不知道为什么——觉得两人之间的感情，好像淡漠了。你能感觉到，就是在你开始大谈特谈建筑的那一瞬间。

霍尔佳　一五三五年，那位主教大人亲自设计了那座建筑物。

昆　廷　设计得很漂亮。

---

① Pasha，过去的土耳其高级文武官员之尊称，通常加在姓名之后。

霍尔佳　（冷淡地）对。

昆　廷　（像是鼓足了勇气，突然转向她）霍尔佳，我发现今天早晨你的枕头湿了。

霍尔佳　这确实无关紧要。

昆　廷　无关紧要的眼泪是不存在的。

霍尔佳　我有时候感到——（停顿，接着说）——我惹你讨厌了。

露易丝　（进入舞台上层）我并非没有一点讨人喜欢的地方，昆廷！

［他盯视着她，竭力把这种情景跟他那失去的幻觉联系在一起；他怀着这种情绪转向听者。

昆　廷　问题在于力量，可我已经失去了与它的联系……确实失去了！（他跳起来，在露易丝身边转悠）我告诉你，她有时候照镜子，我发现她并不喜欢自己的面容，我曾经想法使她摆脱痛苦。

霍尔佳　也许我并非一无可取。

昆　廷　（指露易丝）我真的为她的面容感到过内疚！但是……她——（回到咖啡桌旁）——又暗示……

不要把她引进不幸的深渊。我明白了，她的一切属于她，我的一切属于我。突然，就只剩下美好的愿望和虚幻了。

霍尔佳　我希望你能相信我，昆廷，你在这儿没有任何义务。

昆　廷　霍尔佳，我这就走，可我知道我明天就又会来找你的。

［母亲上，占据了他身旁霍尔佳的座位。他继续侃侃而谈。

你的看法确实有理，我感到必须离开。既不是为了新的冒险，也不是为了甩开你……但是，却存在着一点离去的自由。

母　亲　亲爱的，大人物从来不灰心丧气！我第一次觉出你在我腹内蠕动时，正站在洛克威海滩上……

［昆廷已经站起。

昆　廷　（对听者）但是，力量，哪里有……

母　亲　我看到一颗星，闪闪发光，越来越亮，越来越亮！突然这颗星陨落了，就像一个大人物逝世一样，我就生下了你来接替他，成为一盏明灯，世界上的一盏明灯！

昆　廷　（对听者）为什么世界上有一种……背信弃义的气氛呢？

父　亲　（跟丹一起突然出现在他背后，对母亲）你唠叨些什么？我们才刚刚起步。我需要他。

［他们争论时，昆廷着急，他一会儿看看这个人，一会儿看看那个人。

母　亲　你已经有丹了，你不需要他！他想找个工作，也许能去上大学。

父　亲　他已经有工作了！

母　亲　他的意思是要挣工资。我不希望让他的青春白白浪费掉。他想要自己的人生！

父　亲　（指着丹，他们把昆廷围住）为什么他不“想要自己的人生”呢？

母　亲　因为他不一样！

父　亲　因为他明辨是非！（同时指着母亲和昆廷）你们俩是一个类型——你们“想要”什么！上帝啊，我像他这么大年纪的时候，就养活六个人了！（朝昆廷走过来）你是个什么人，是个陌生人吗？你是个什么人？

昆　廷　（观察父亲脸上急剧变化着的表情）是啊，

我感到有股力量推动我走……其中隐藏着背信弃义。因为出现了败局，你就转身避开失败……

［父亲和母亲下。

父　亲　我需要他！

丹　（一只胳膊搂着昆廷）小伙子，甭那么想。我就是想看到他东山再起。你只管走你的，如果情况好转，我也会回学校去。

昆　廷　（瞧着丹，后者从他身边走过，跟假想的昆廷说话）是的，好人留下……他们就在那里终老……

丹　（指着手中的书，对假想的昆廷说话）这是我那本拜伦，我会把它放在你的旅行袋里，我已经把我的新袜子塞了进去，只是可别用热水洗。小伙子，不管你走到哪里，都要记住……（远处有火车鸣笛声，丹跑上二层高台，大声喊）不管你去哪儿，咱们全家都支持你！所以，你从现在起，加油干吧，我要给你寄一批书让你读。

［母亲、父亲和丹向他挥手再见，下。费莉丝消失。

玛　吉　（突然从床上坐起，对着脚下一处空间说话）我能看看吗？

昆　廷　（一愣，急转身）嘿！

［除了他和玛吉之外，其他人物已退入暗处。

玛　吉　我想问问是些什么书？因为，你知道——我连高中也没毕业。不过，我一直喜欢诗歌。

昆　廷　（不再看她，迅速走向听者）问题是我没法再在这名利场中立身处世。

玛　吉　（在床上，痴迷地）我真不敢相信是你来了！你能坐五分钟吗？我现在是一名歌手了，明白吗？不客气地说——（笑自己）——我属于前三名。我早就想告诉你……如果不是那天碰到你的话，我就绝对不可能成为歌星。

昆　廷　你为什么不说是爱情呢？我现在感到的只是她赐给我力量了。那好吧。（转向她，心情矛盾，不痛快）我就试试吧。（走近她）

玛　吉　如果我在电话里听起来好像受到了惊吓，那就请你原谅。主要是我认为三更半夜，你不会待在办公室里。（有点紧张，笑自己）你要知道，我只是找借口给你打个电话。你能待五分钟吗？

昆　廷　（又坐到椅子上）没问题，不用着急。

玛　吉　我也是这个意思，你知道，我是个大忙人！你想喝点什么吗？还是想吃块牛排？这里有两个冰箱。我的代理人去牙买加了，所以，这一周我就住在这里，一直住到星期五，再去伦敦。帕拉狄昂剧院很像一座大型歌舞剧院，这是一种荣誉，可我有点受宠若惊，有点害怕。

昆　廷　为什么？我听过你唱的歌了，挺棒的。特别是……（一时记不起歌名）

玛　吉　哪里哪里，我刚开始展翅飞翔。你读过《新闻报》记者写的那篇文章了吗？他把我的唱片藏在冰箱里，怕它们溶化！

昆　廷　（跟她一起笑，想起来了）是《蓝调女伶》！你演绎得很动人。

玛　吉　真的吗？你知道，我并没有叮嘱自己“要听起来性感”，我就是想方设法求稳——就跟谈恋爱一样，或者跟……（笑）我真不相信是你来了！

昆　廷　为什么？我很高兴接到你的电话。几年来我一直想念着你。你取得的一切成就都使我内心有理由暗自感到满意。

玛　吉　也许那是你的功劳吧。

昆　廷　为什么这样说？

玛　吉　我也不清楚，也许你瞧着我的那种神气与众不同。在那天之前，我都不敢去见代理人。

昆　廷　我是怎么看你的？

玛　吉　（耸耸肩，自己也难以理解）像是……发自内心的，而多数人，他们……只是瞟你一眼。我也说不清。还有你跟我谈话的方式……

露易丝　（一直正正经经地坐着玩单人纸牌游戏）你认为谈谈你的辩护书，就等于跟我交谈了吗？

玛　吉　你说使你从内心里满意是怎么回事？

昆　廷　譬如——在办公室里，我听到人们笑着说，全世界都拜倒在玛吉脚下——

玛　吉　（伤心地，迷惑不解地）他们在取笑！

昆　廷　有点儿。

玛　吉　（痛心地）我也是这么想，自己变成了大多数人的笑柄。

昆　廷　不能这么说，你是个有话直说的人，玛吉。你好像并不想维护什么，也没有为自己的身份而感到难堪。

玛　吉　我的身份，你这是什么意思呢？

［露易丝抬起头来，玩单人纸牌游戏。

昆　廷　（猝然意识到自己触及到敏感的问题）嗯……你热爱生活，这很难作出明确的解释，我……

露易丝　该说妓女才对。只要她能吹捧你，妓女又有什么关系？

昆　廷　（对听者，在玛吉周围踱来踱去）言之有理——没有哪个女人赞扬过我，甚至我跟别人一起笑话过的姑娘，也没有那样做过——

玛　吉　可你没有笑话过我吧？

［他痛苦地转向她。

没有笑话过我吧？

昆　廷　没有。（蓦地站起，对听者大声说）骗人的把戏！从一开始那五分钟起，就在骗人！……因为——我原应该同意她是个笑柄，一个漂亮的玩偶，却硬要严肃地对待自己。我为什么偏偏要对她说谎，充当这样廉价的恩主呢？这——（聆听，然后不得已地转向她）

玛　吉　例如，你叫我补一下裙子上挂破了的口子，就是要我——树立起自豪感，不是吗？

昆　廷　（吃惊）对，我记得说过。（对听者）上帝作证，我确实说过！

玛　吉　（觉得已经打动了他的心）想喝杯酒吗？

昆　廷　（松了一口气）好吧。（四下打量）那些花儿是怎么回事？

玛　吉　（倒酒）哦，有个糊涂王子，要么，也许是个糊涂国王什么的，不断给我寄来合同——如果我们离婚的话，我就可以得到十万块钱。我也就会成为皇后什么的，可我只在摩洛哥跟他见过一次面！（笑着递给他酒）人们还以为我是他的女朋友呐！我不知道他们为什么要登这类文章。

昆　廷　嗯，就我所知，现在人人都想跟你接触。

玛　吉　干杯！（他们喝酒，她做了一个鬼脸）我恨这种味儿，可我喜欢它的后劲儿！你脱了鞋不好吗？我想让你松快一下。

昆　廷　我还好。我觉得从电话中听起来，好像有什么事把你吓住了。

玛　吉　没有，我……你马上就得回家吗？

昆　廷　你一个人住在这里不孤单吗？

玛　吉　还可以。对了！上个月我从报纸上剪下来一张你的照片。那是你在华盛顿为哈利·巴恩斯牧师作辩护的照片，对不起，（从枕头底下拿出一个小相框）你瞧，我给它装上了相框！

昆　廷　有什么让你害怕的事吗，玛吉？

玛　吉　没有。你不是就在眼前吗？这张照片的来历还真不平凡——我去看过我的父亲——

昆　廷　他现在一定为你自豪。

玛　吉　（笑）哎，别提了——我生下来十八个月之后，他就离家出走了，明白吧——因为他说我不是他的孩子，我母亲怎样解释也是白搭。现在常有人来采访我，每当他们问起，我在哪里出生等等问题时，我就不知道该怎么回答好。所以，我心想但愿他能见到我一次，你知道，只看我一看就行……这我也说不清。

昆　廷　也许你会弄清楚你的出身的。

玛　吉　是啊！可他连电话也不肯接——只说了句“去见我的律师吧”，接着就挂断了电话。可是，在回来的火车上，一个座位上面正好有一张你的照片在望着我。我说：“我知道自己是谁啦！我是昆廷的朋友！”不过，别担心——我的意思是说，你不是也能做一个人的朋友吗，对不对？

昆　廷　（略停）对，玛吉，我能做一个人的朋友。正是因为你长得这么漂亮——我不只是说你的体形和脸蛋儿。

玛　吉　你甚至本不必再来找我。我愿意为你做任何事，昆廷——你就像一尊神！

昆　廷　可是谁都会告诉你补一下你的裙子啊。

玛　吉　不，你要知道，他们要么会笑话我，要么就会立即对我动手动脚。

昆　廷　（对听者）这倒是真的！一切都清楚了，是名誉！我没有试图跟她睡觉，这首次保全了她的名誉！她把这种做法看成是对她的“身价”的尊重，而我不过是有点胆怯罢了！上帝啊，这是一种伪善行为！……可你为什么要说这是爱情呢？

玛　吉　哦，你知道我因为你干了什么事吗？（他朝她转过身来）在格罗顿，我为一艘潜水艇施下水礼。这是大家投票选的，我成了全体工人的宠儿。工人们不正是那艘潜水艇的制造者吗？我要他们邀请十名工人登上观礼台。你猜海军司令说什么？我还是谨慎点好，否则便会成一名共产党员。可我突然想起了你，便说：“我不明白，这又有什么可怕的，他们也是为了穷人呀！”你不相信这一点吗？

昆　廷　相信，不过，问题要比这复杂一百倍，亲爱的。

玛　吉　啊！我要是明白一些道理该多么好啊。

昆　廷　玛吉，你知道怎么用自己的眼睛观察一切，这要比读所有的书强。

玛　吉　但你看到的东西是不是真实的呢？

昆　廷　（难以理解）现在你被吓坏了！……被吓坏了，是不是？（玛吉紧张地盯视着他，稍停片刻）什么事，亲爱的？你害怕孤孤单单一个人住在这里吗？（稍顿）为什么不找个人来跟你做伴呢？

玛　吉　我不认识什么人……这是个问题。

昆　廷　（稍顿）我能帮你什么忙吗？……别跟我客气。

玛　吉　（想了一下，果断地）请你……把洗澡间的门打开好吗？

昆　廷　（朝另一处看了一眼，然后又回头看她）光打开门吗？

玛　吉　是的。

［他走进暗处，她坐起来，悄悄地瞧着。他打开一扇“门”走回来。她躺下。

昆　廷　你是不是有什么话想对我说？我不会笑话人

的。（坐下）什么事？

玛　吉　（吞吞吐吐）前一阵子我入睡之前，突然发现从洗澡间门下向外冒烟，一直冒个不停，灌满了整个房间。

［她停下来，快要哭出来。他伸出手来，握住她的手。

昆　廷　噢，宝贝儿——你经常做这种噩梦吗？

玛　吉　可我一直醒着啊！

昆　廷　嗯，这是一场醒着的噩梦。你不入睡，这种噩梦就不能停止。如果你追根溯源的话，这些现象是有根由的。

玛　吉　我明白，我去找了心理医生。

昆　廷　只要跟他说说，你就会找出其中的原因。

玛　吉　我给你打电话之前，就发生了这种事情。（这时她陷入沉思）你要知道，我母亲——总是在洗澡间里穿衣服。她是个老古板，你知道吗？可她有时在里面吸烟。你知道，她出来时，浑身冒着烟气。

昆　廷　嗯——可能你觉察到了，她不喜欢你给我打电话。

玛　吉　（惊讶地）你怎么知道的？

昆　廷　你说过她是个老古板啊，而你却在这里给一个有妇之夫打电话。

玛　吉　对！有一次她把枕头捂在我的脸上，想把我闷死，借口是如果我变坏，那就好像——是她的罪过。我的头发，我的后背，跟她的长得一模一样。（半转身，露出光背）我的后背很好看，是不是？所有的男按摩师都这么说。

昆　廷　对，是很漂亮。不过，给我打个电话也算不上罪过啊。

玛　吉　（像孩子那样摇摇头，松口气，笑话自己）也不至于使我变坏吧。

昆　廷　你是个很正经的姑娘，玛吉。

玛　吉　（谨慎而提心吊胆地）怎么才叫正经？

昆　廷　你讲实话，哪怕它对你不利，你不假装——（转向听者，带着令人生畏的喜悦）——天真烂漫！真的，不会让人出其不意地用他们的无知来扼杀你！而这一切现在听起来都挺可笑！

［母亲出现，举起一只胳膊。露易丝下。

母　亲　我看到一颗星……

玛　吉　我为你祝福，昆廷！（母亲消失，他又转向

玛吉，后者又拿起他的照片）许多夜晚，我睡觉之前，都拿起你的照片为你祝福。你不反对吧。（把照片贴在面颊上）

昆　廷　我觉得你该睡了。

玛　吉　我现在就睡！（躺下）坦率地说，我感到……心明眼亮！

昆　廷　（摆一下手）祝你在伦敦过得愉快。

玛　吉　哦——再问一下，怎么才算正经？

昆　廷　就是实践真理。

玛　吉　你就是这样的人！

昆　廷　还不能这么说，亲爱的，但是，我在努力争取。请别客气，有什么事需要我帮忙，就打电话来。（她突然消失，剩下他一个人在继续沉思）不管什么时候都行。（丹出现，穿着运动衫，手里拿着书）只要你需要的话，就打电话，听见了吗？

丹　全家做你的后盾，昆廷。（挥手再见，走进暗处，火车鸣笛）不管什么时候，只要你有需要……

昆　廷　（吃惊，倏地转向已下场的丹，盯着丹离开之处，对听者）你知道吗？这不是一场骗局，却是一种……伪装。我家丹一样心地善良，前来看她！难怪我看不清自己的困境！

[玛吉下，费莉丝上。她准备解开“绷带”，他抓住这个概念。

那天晚上，那个姑娘离开时，问题并没闹清楚，但是我的墙上突然出现两个固定装置。（向一堵“墙”走去，抬头仰望）尽管我想到过这一点，但那不是我装的。就像——（转身，伸平双臂，做被钉在十字架上的姿势）——这个样儿！（他烦恼地放下双臂）我不明白！因为她……给了我点什么！她让我改变了她！好像我——（大声说）——对她有同情心似的！（几乎笑出来）我自己到底想干什么呢？爱每一个人吗？

[话语结尾带有自我轻蔑和恼怒的口气。转瞬间，一个女人上场，穿着第一次世界大战时期的衣服——头戴一顶吉布森[1]式女郎小帽，脸上蒙着面纱，

---

① Charles Dana Gibson (1867—1944)，美国插图画家，喜绘19世纪90年代美国女孩形象。

斗篷垂到脚脖，手中拿着一只玩具帆船。她弯腰，好像在把玩具船送给一个小男孩。她低声细语，像在远处说话。父亲上，丹跟上，父亲喊叫。

母　亲　昆廷？瞧，我们从大西洋城——从海滨那条木板路那儿给你买回来一个什么玩艺儿！

［那个男孩显然在跑开，母亲着急，跑到一处停下来，像是对着一扇紧关着的门，大声喊叫。

别锁门！哎，亲爱的，我们没有骗你，我们带丹去，是因为他年龄比你大一些，我需要到那边去休息一下！范妮一定跟你说了，我们正回家来，是不是？你为什么在里面放水？昆廷，把水龙头关上！艾克，快来！砸开门！砸开门！（急下，进入暗处）

［但是不知怎地他脸上露出生气的表情，他开始追赶她，对听者……

昆　廷　他们叫女仆带我出去散步。等我回来时，他们已经走了，一个星期房内空无一人。上帝啊，为什么背信弃义才是站得住脚的唯一真理？我对母亲尊崇备至，可我不能为她去世而感到哀痛，真是太荒谬了！

［公园长凳出现，玛吉出场，穿着男式白色毛线衫，红色假发上戴着一顶白色安哥拉羊毛滑冰帽，脚蹬鹿皮鞋，戴着墨镜。

玛　吉　（对着空长凳）你好！是我！是玛吉！

昆　廷　为她致哀也一样荒谬……不，倒不是我认为她是我害死的，而是……

玛　吉　（对空长凳）看见了吗？我告诉过你，没人能把我认出来！

昆　廷　……我搞不清楚我在其中扮演了什么角色，不是有罪，就是无辜！然而，我的爱在何处？我的罪又在何处？告诉你吧，我曾经见到过一次！我见到昆廷在这儿！

玛　吉　天哪，那天晚上你一离开，我就睡着了！你喜欢我的假发吗？瞧，我的鹿皮鞋！

［稍停。他微笑着走到她坐的长凳旁边。

昆　廷　你就只差旱冰鞋了。

玛　吉　（高兴地鼓掌）你真风趣！

昆　廷　（斜脸对着听者）我一直忘记——（向她）——你长得多么漂亮。你的眼睛使我发颤。

［她沉默一会儿，崇拜地。

玛　吉　来看一下我的公寓，好吗？没有电梯，也没有看门人。没有人会知道的。你去华盛顿之前，也需要休息一下嘛。（他没有回答）因为我刚想起来，去伦敦之后，还要去巴黎。

昆　廷　这么一来……你要离开多久？

玛　吉　我估计大约两个月。（两人都感到分离的痛苦，她眼里含着泪水）昆廷？

昆　廷　亲爱的……（握着她的手）别对我期望过大。

玛　吉　没有！可是，如果我去华盛顿的话……在旅馆里，我可以用侬①小姐的名字登记。

昆　廷　修女？

玛　吉　不是——是表示什么也没有的"侬"。我有一次取了这个名字，因为我从来也记不住假名字，所以，只好什么也不想，而这正代表我的个性！（欢

① 侬（None）与修女（Nun）读音相近。

欣地笑了）我真这样做了。

昆　廷　这种想法很妙。如今整个政府全恨我，现在我要回旅馆……

玛　吉　我也是这个意思！那个调查委员会敲打你的脑袋的时候，你可以想一想我光着身子……

昆　廷　这倒是个好主意！

玛　吉　那就会叫你高兴起来的。

昆　廷　（热情地冲她笑）也会使我神经紧张起来的。

玛　吉　因为，你知道，助人为乐和性爱不是一回事吗？第二天你也许会辩护得更出色！

昆　廷　（有了新的体会，吃惊地）你额头上写着一个词，你知道吗？

玛　吉　什么词？

昆　廷　“现在”。

玛　吉　上边可还有别的词？

昆　廷　“将来”。我一生双手掌握着这两个字眼，就像抱着一个花瓶，永不能把它掉在地上。所以，没法儿用手去触摸别人，明白吗？

玛　吉　那你为什么不用一只手托着它呢？——（他笑）——而用另一只手去触摸呢？我不会给你添

麻烦的，昆廷。（他看表，像是估计有没有时间。玛吉受到了鼓舞，也看一下她的表）就当是你渴了，来喝点东西，然后走掉。

昆　廷　那你呢？

玛　吉　嗯……我会拥有我所付出的。

昆　廷　你充满了爱，是不是？

玛　吉　我就是这种人！一个人随时都可能死去，你知道。（突然）哦，听我说！我立了遗嘱啦！（掏口袋，拿出一张叠着的便条纸）可还没有打印，是否合法呢？

昆　廷　（接过去）干吗要立遗嘱？（开始念遗嘱）

玛　吉　估计两年之后，我会成为百万富翁！现在我不得不整天坐飞机，也许会出危险。

昆　廷　（看着她）这是谁起草的？

玛　吉　杰里·穆恩，他是我的代理人安迪的朋友，在建筑行业里做事，但精通法律。他在上面签了字，做证明人。我亲眼看着他在我的卧室里签的——

昆　廷　这样一来，你把什么都托付给代理机构了。

玛　吉　对，不过，这只是权宜之计。等我能想出一个人来，再添上他的名字。

昆　廷　你一个朋友也没有吗？

玛　吉　没有！

昆　廷　干吗要这样仓促？

玛　吉　哎，万一安迪的飞机失事，我怎么办呢。他有五个孩子，明白吗？另外，他的——

昆　廷　可你认为你对他的家庭也要负责吗？

玛　吉　嗯，没有责任。但是，他确实帮了我大忙，他借给我钱，那是在我——

昆　廷　借给你一百万吗？

［两个男孩在上层高台上出现，戴着棒球手套。

玛　吉　（开始醒悟，心里忐忑不安）嗯，不是一百万……

昆　廷　谁是你的律师？

玛　吉　我没有律师。

昆　廷　（不愿过问——听起来像是持中立立场）没有人建议你应当雇个私人律师吗？

玛　吉　可你如果信任某某人，就等于信任他们大家——不是吗？

［稍停。他拿定了主意，握住她的手。

昆　廷　来，我陪你走回家。

玛　吉　（跟他一块儿站着）好吧！可不可以说，只要对安迪有好处的事，对我也同样有好处呢？

昆　廷　亲爱的，我不能替你拿主意，也许你的事当中有些我无法理解的地方，咱们走吧。

玛　吉　不！我跟安迪没有任何瓜葛。我……说实在的，并不随便跟任何一个人都去睡觉，昆廷。（他开始拉她走，但她还是说个不停）我跟许多男人鬼混过，可我从来不是为了得到点什么，这好像是一种善举，明白吧。我的心理医生说，我是对那些需要我的人进行施舍。可我又不是一个慈善机构，你相信我吗？

昆　廷　（急切地要她走）相信，走吧。

［一群拿着棒球用具的小伙子挡住了他们的去路，走在前头的两个男孩中的一个指着她。

男　孩　我敢说，这是玛吉！

玛　吉　（拉一下昆廷的胳膊，自卫地，但很激动地）不是，我只是长得像她，我叫萨拉·依！

昆　廷　咱们走吧！（他使劲要拉她走，但那些小伙子抓住她不放，她开始接过铅笔和纸在上面签名）嗨！

众　人　签个名吧，玛吉！你怎么不到俱乐部来！你下一次的精彩演出是在什么时候！喂，玛吉，你的唱片我都有了！唱个歌吧！（递过一张纸，让她签名）这是为我的弟弟，玛格[①]！玛格，脱了毛衣吧，外边热！跳跳你在电视上跳过的那个舞吧！——（一个小伙子扭动起来）

昆　廷　够了！

［昆廷被推到一边，然后又挤进去，抓住她，拉开她，她倒退着走，还跟他们又唱又笑的。小伙子们进入暗处，她转向他。

玛　吉　真对不起！

昆　廷　他们好像要把你吞掉似的。你喜欢这种场面吗？

玛　吉　不喜欢，可他们只是普通老百姓。你能待到下一班地铁再走吗？到目前为止，我只有这点法国家

① Mag，对玛吉（Maggie）的昵称。

具。（脱掉毛衣）你喜欢吗？这是我亲自挑的。还有我的床，我的唱机。会布置成一座很好的公寓住宅，对不对？

［昆廷一声不响，握着她的手，然后把她拉近些，吻她。

玛　吉　我爱你，昆廷。我愿为你献出一切。我发誓绝不会给你添麻烦。

昆　廷　你长得美极了，叫人都不敢正眼看你。

玛　吉　你其实还没真正看过我呐！（后退）你能不能在这里站一会儿，等我脱光衣服就出来！没有再晚一点的地铁吗？

昆　廷　（稍顿）当然有，一直有的。（动手解开上衣的纽扣）

玛　吉　我来放点音乐！

昆　廷　（边说边笑）好啊，放点音乐吧！（他抓住时机，边解上衣，边对听者）在这里，就是在这个地方，我不知道有——一场骗局！

［震耳欲聋的爵士音乐响起来。

玛　吉　喂，我给你脱掉鞋吧！

［父亲、母亲、丹上。玛吉在他脚边蹲

下，动手解他的鞋带。他越来越感到心慌意乱，呆滞地看着她。这时，在暗处有人影走动。

昆　廷　玛吉！

玛　吉　（抬头看，停止解鞋带）什么？

［她环视四周的暗处，父亲忽然走上前来。

父　亲　你要什么！你一直想要什么！上帝啊，你是个什么人！

［露易丝上，读着书，而丹就站在她旁边，他的手差点碰着她。

丹　咱们全家都支持你，小伙子。

［母亲孤零零的，步态婀娜——昆廷好像是让他们把自己从玛吉身边引开。

昆　廷　（对他们怒吼，生气地朝他们举起拳头）可是，为什么不带昆廷去，他在哪儿？

母　亲　哦，是施特劳斯送来了诗集和小说让我读……

昆　廷　（走向殷切期待着的母亲）是啊，是啊！可我理解那种背叛！还有那种欲望所犯下的同谋罪孽的恐惧感。是啊，对那些失败了的忠心耿耿的人，也并非不值得一提！可是，昆廷在哪儿？与其说脱去我的衣服，不如说这是一种姿态！玛吉——

玛　吉　好吧，等我回来时，也许……

昆　廷　你……得撕毁那个遗嘱。（对听者）不能毫无原则地随便跟人睡！可是，她曾经被多少咧嘴笑的男人咀嚼过又吐出来，怎么还谈得上爱情！她的名字在臭烘烘的更衣室和烟雾腾腾的豪华客车厢里传来传去！可是，那天她找到了真理，我给她带去了那种她必须“得救”的谎言！除去从我自己的蔑视中之外——你会从什么当中得救呢？

玛　吉　（对着昆廷方才站过的地方）可是，我的心理医生说过这样也可以，因为像我这样的人，非得依靠某个人不可。

昆　廷　玛吉——正派人是不会起草这种遗嘱的。

玛　吉　不过这只是暂时的——

昆　廷　亲爱的，如果我去找那位顾问安迪，也去找那位心理医生的话，我猜想他们大概会忠告我住嘴。亲爱的，他们已经把你抬到案桌上，正在割你的肉呐——

玛　吉　可是……我无论如何也花不完那么多钱啊！身上有二十五块钱，我就觉得不少了！

昆　廷　倒不是他们在抢走你的钱，而是他们在毁掉你的尊严。你不是一块肥肉；你好像认为别人要求什么，自己就得满足他们！

玛　吉　我明白了。（低头哭了一声，希望和羞愧使她浑身发抖）

昆　廷　（托起她的脸庞）玛吉，你是个了不起的人物！你已经不是一个东奔西跑找个睡觉的地方的孩子！不仅是因为你取得了成就，或者因为你富了——而是因为你为人正直，待人认真，是个第一流的人物，人们器重你。你用不着再像流浪汉那样去乞求那些靠不住的家伙，给你拿主意！（爱情和绝望心情使她泣不成声，瘫倒在地板上，抱住他的大腿，吻他的裤子。他观望着，接着突然把她搀扶起来，充满怜悯和希望）玛吉，站起来！

［音乐声四起，不知怎的忽然她破涕为笑，执着地解开罩衫纽扣，身子有节奏地在衣服里头颤动。她刚一开始跳

舞，他就直摇头——对听者……

不，这不是爱情，一旦停止伪装，就完了！我只要有勇气，就能——（探索着）——怀着美好的信念生存下去！就——（对丹和父亲）对！再不要假充“好人”，再不要伪装！（对母亲）不要怕暴露昆廷，昆廷，昆廷——是个什么样的人！

露易丝　你甚至没脸面去——

［听证席在高处出现，有一面旗，一位主席敲一下小槌，他的两旁站着其他人，向下瞧着昆廷。

昆　廷　要脸面就能害死人！人应当讲实话，不讲脸面。我诅咒伪装清白的整个高层行政机构！（对主席）我声明自己并不清白！——也不是完人！

主　席　但是，肯定地说，巴恩斯牧师不能拒绝回答他是否出席过共产党人在捷克斯洛伐克布拉格市召开的和平会议。不行——不行，不允许律师跟证明人交换意见，这不是审判！任何一个清白的人都会——

昆　廷　说到清白嘛——这倒是个问题！在你们那个爱国区里，你们允许多少黑人参加投票呢？你们关于社会、政治和种族问题的观点，有哪一条是希特勒不赞成的呢？不是审判？你在骗人，你们那些“调查人员”此时此刻正在这人的教区活动，想把他轰走呢！

哈利·巴恩斯　（戴着牧师硬领，站起来）根据宪法第一条和第五条修正案，我拒绝回答。

昆　廷　（极度哀伤地）不过，哈利，我要问，我要问，如果局势倒转过来，他们站在你的面前，咱们能肯定你会允许他们不作回答吗？他们都是一帮可恨的家伙吗？（哈利生气而疑心地看着他）我真再也说不准我们正在维护什么——我们仅仅拒绝邪恶就算善良吗？即使在正义的“拒绝回答”当中，也有一定程度的伪装。对某一件事，是不是要——（哈利下，听证席消失；玛吉披散着头发在那里用手指打出榧子声）——是不是最终需要同意呢？（转向躺在床上的玛吉）

玛　吉　对我说些什么都行。

昆　廷　（低头看她）一桩事实……一桩事实……一件事。

玛　吉　在我内心歌唱。

［昆廷走向听者。

昆　廷　甚至像所有的真理那样受到谴责，无法表达！

玛　吉　变得心情愉快。

昆　廷　（仍然对听者）像所有的真理那样受蔑视。

玛　吉　我就是这样的人。

昆　廷　像真理那样受到玷污，变得盲目而无知。

玛　吉　可还从来没人对我说过应该挺起腰杆来！

昆　廷　血的事实就是，人间真是一条死胡同——一点不假！

玛　吉　好了。

昆　廷　（坐在听者面前，背朝玛吉）对于这事，也是一样。

玛　吉　好了……好了。（略停）昆廷？（下床，披上被单，慢慢吞吞地朝着舞台后部一个方向说话）昆尼[1]？那种肥皂没有味道，所以你用不着担心。（稍顿）没问题！不用着急，我喜欢等着你！（瞧着地板）我喜欢你这双鞋。你有很好的审美！（朝舞台后部走去）真对不起，我没有什么好东西给你吃，因为我事先没准备！可我有鸡蛋可以做早

---

① Quenny，对昆廷（Quentin）的昵称。

餐，牛排可以做晚餐。那只是以备万一才贮存的。你想怎么吃，什么时候吃，都可以。（转身，凝视着前方）喜欢我吗？

［霍尔佳出现在上层，在机场四下里寻找他。

昆　廷　（对听者，背对玛吉）这一切都是真的，却又并非真实。这我理解，因为，它来得太容易了；我爱那个姑娘。我的辛酸正叫我撒谎。我害怕再许下诺言。（仰视霍尔佳）因为我不知道谁在许愿。因为我对自己的一生，也感到茫然无知。

玛　吉　（从地板上捡起一条“领带”）哎哟，你的领带给弄皱了！真对不起！可是，嗨，我这儿有一条领带，很漂亮的普通男士领带。（突然住嘴）我……是碰巧捡到的。（她一笑了之，进入暗处。霍尔佳下）

昆　廷　我告诉你，在这层花里胡哨和虚荣的烟雾下，掩藏着这场灾难的规律；我觉得它像一条法规那样严厉而清楚。但是我想，自己是怀着一颗爱慕之心……才看清这一事实的。一个人能记住爱情吗？

那就像一个人在地窖里寻找玫瑰花香。你可以看到一朵玫瑰花，却永远闻不到它的香味。香味才是玫瑰花的真谛，不对吗?

［玛吉穿着结婚礼服在二层高台上亮光中出现；黑人女仆卡丽正给她戴上一顶蒙有面纱的帽子；服装设计师卢卡斯像刚才那样跪着匆忙缝好最后一道边褶。玛吉瞪大眼睛，假装照镜子。昆廷站起来。

玛　吉　快点，卢卡斯，三点钟举行仪式！请快点！

［卢卡斯缝得更快了。

昆　廷　（对听者）我希望……再次怀着那种爱慕之情看见她！为什么那么不容易呢? 站在那里的是一位能给人带来希望的姑娘，是一位穿着镂空花边衣服的胜利女神。

玛　吉　（在卢卡斯咬断最后一根线时，她凝视着前方，瞻望未来）卢卡斯，你快认不出我来了吧！是他挽救了我，我说的是心里话！我又立了个新遗嘱，换了另一位心理医生——现在我有了一位出色的大夫！我们要审核全部合同，因为我从来没有从中得到应有的报酬。路德维格·赖纳收下了我！你要知道，除非歌剧演员是艺术家，他才收呢。否则，不管你付给他多少钱，也没有用。我做梦也不敢想，可是昆廷要我去——现在路德维格·赖纳收下我了，真没想到！

［她转身，看见昆廷进来。两个人都愣了一下。卢卡斯下。卡丽轻轻摸一下玛吉的额头，默默地祷告。

昆　廷　呦，我亲爱的，你真美。

玛　吉　（朝他走去）喜欢我吗？

［牧师和一位女客人在二层高台上出现。

昆　廷　感谢上帝！每天晚上回家——都回到你的身边！

［他朝她走去，张开双臂，笑容满面，可是她抚摸一下他的胸膛，激动而古怪的胆怯。

玛　吉　你仍然用不着非这样做不可，昆廷。你什么时候需要我，我都可以来。

昆　廷　你只是不敢相信美好的愿望已经变成现实。亲爱的，这的的确确是真的，你是我的妻子了！

玛　吉　（声调带有恐惧）我想告诉你，我去做精神分析治疗的原因。

昆　廷　亲爱的，你一定会有新发现，不过——

玛　吉　你说过咱们必须不咎既往，对吗？就是坏事也不例外？

昆　廷　（看到她一本正经，也严肃起来）是的，我说过。

［牧师和女人下。

玛　吉　我……一天之内……跟两个男人好过。

［她的目光从他身上移开，一批参加婚礼的客人在二层高台上出现。

我是说在同一天之内，明白吧。（差点哭出来，看着他，屈从而不知怎地像受到责罚似的）我将永远爱你，昆廷。咱们可以对别人说，我们改变主意——

昆　廷　我的宝贝儿——一桩事件本身无足轻重，重要的是你从中获得了什么。不管你过去发生过什么事，全是你自己的事，我都不在乎！（迅速地转向听者）是啊！我们计划要把过去一笔勾销，过去是圣洁的，对它的恐惧更是圣洁的！（转向玛吉）还有……

玛　吉　（现在有了希望）也许……这会使我做一个更好的妻子，对吗？

昆　廷　说得对！

［埃尔茜在上层高台出现，走进客人中。

玛　吉　（欢心地，看到了熬受痛苦的成果）我并不难以让人理解！你会感到吃惊的是，那些所谓的贵妇人打情骂俏，她们的丈夫却一无所知。因此，她们才让人难以理解呢。可我明白这一切，我觉得自己有了一位国王！不过会有人笑话你的！

昆　廷　再也不会啦，亲爱的，他们会跟我一样看待你的。来吧！

玛　吉　（没有跟随他走）你怎样看待我呢？告诉我！（脱口而出）因为我记得……你一度感到过丢人，不是吗？

昆　廷　我理解你的苦衷，玛吉，一旦我理解了，所有的羞耻便无影无踪。

玛　吉　你……感到过丢人吗？

昆　廷　（吞吞吐吐）嗯，但是，你是胜利的标志，玛吉，你对我来说就像是一面旗帜，一种人能够胜利的象征。

［露易丝在上层高台出现，梳头发。

玛　吉　你——你再也不会看别的女人一眼，对吗？

昆　廷　亲爱的，妻子才是自己的心上人！

玛　吉　（心情矛盾）可是——你以前为什么吻埃尔茜呢？

昆　廷　只是打个招呼。她一向喜欢拥抱人。

玛　吉　可是——你为什么让她贴着你的身子磨蹭呢？

昆　廷　（笑）她没有磨蹭——

玛　吉　（压抑着更大的焦虑不安）我看见过，你站着不躲开。

昆　廷　（苦涩地笑笑）玛吉，那只不过是一种毫无意义的姿态而已——

玛　吉　你还让我像过去那样——什么都蒙在鼓里吗？（乞求他，隐约像受了委屈）你亲口说过，我应当寻找生活的真谛，对不对，你为什么不让她也这样做呢？

昆　廷　她走过来就拥抱了我，我又有什么办法呢？

玛　吉　（闪现一阵蔑视的愤怒）就该告诉她靠边站！

昆　廷　（吃惊）我……没想到你会说出这种话来，亲爱的。

女客人　准备好！准备好！

［客人在台阶上排好队，给玛吉和昆廷留出一条道。

昆　廷　走吧，客人在等着呢。

［挽起她的胳膊，他们转身走。传出结婚进行曲的音乐。

玛　吉　（眼泪欲出）教教我，昆廷！我不知道该怎么办！请原谅，我不该说那种话。

昆　廷　（露易丝的形象构成了背景）没关系，你心里怎么想，就怎么说；真理在我们一边，要永远说实话！

玛　吉　（继续向客人走去，恳求地）你怎么不挽着我的胳膊啦！

昆　廷　（走了一半路，转身，他的胳膊依然架着，好像在她身旁散步）我挽着呢，亲爱的，我跟你在一起呐！

玛　吉　（从客人中间穿过）我会做一个好妻子的，我会做一个好妻子的。

卡　丽　上帝为这个孩子祝福吧。

玛　吉　（走进暗处，有些趔趄）昆廷，我怎么摸不着你了！

［婚礼进行曲停止。露易丝从舞台上层消失。

昆　廷　（感到灰心丧气，请她到舞台前部来，用胳膊架着“她”）我挽着你呢！看，人人都笑容满面地羡慕你呐，是不是？瞧，乐队的小伙子组成一个V字形，代表着胜利！大家都喜欢你，亲爱的！你为什么要忧伤呢？

［突然她从舞台后部急出，穿着毛皮大衣，谈笑风生，指着前面一堵墙。

玛　吉　吃惊了吧！你喜欢吗？我们不在的时候，他们赶忙垒起来的！

昆　廷　（他俩彼此相距半个舞台）喜欢，真好看！

玛　吉　瞧，这使起居室宽敞多了吧？（跑到左边）我还想拆掉这堵墙呐！好不好？

昆　廷　（背向她，回忆着）不过，我们刚垒起这些墙啊。

玛　吉　嗯，问题就在于钱啦；我想要一堵高大的墙，像是给你造一座城堡！

昆　廷　那可好了，亲爱的，不过咱们的钱还没付清呢。

玛　吉　你常说，我额头上写着一个词。为什么不能让它现在就漂亮起来呢？明年我那些钱就到手了。

昆　廷　可是，一还债，你就剩不下多少——

玛　吉　甭把未来当成一个花瓶那样举着——现在就摸摸，摸我一下吧！我在这儿，要的是现在！

［她急忙跑进半暗处，卡丽、服装设计师和秘书把她围住。

昆　廷　（独自一人站在舞台前部，违心地）好吧！把墙拆掉吧！要叫它漂亮些！说干就干！也许我太谨小慎微了……请原谅我！

［突然从一个唱段录音里听到她的声音。他喜上眉梢，一时高兴得独自手舞足蹈起来；同时，一群董事把玛吉团团围住。过一会儿，玛吉从那帮仔细倾听的董事们中间走出，穿着金光闪闪

的衣服。昆廷急忙向她走去。

昆　廷　玛吉，我亲爱的——真棒极了！

玛　吉　（忧心忡忡，犹豫不决）不对吧！对我说实话！钢琴停了，你注意到了没有！

［钢琴家戴着墨镜，抽着烟，从人群中走出，听录音。

昆　廷　可是，没有人会注意到这一点！

玛　吉　我就注意到了。你不是想让我好吗？我告诉过温斯坦我需要约翰尼·布洛克伴奏，可是他们给了我这个饭桶，他跟不上我的节奏！

［钢琴家忍受着羞辱，默默走开。

昆　廷　可是你说过，他是最优秀的钢琴家之一啊。

玛　吉　我说过约翰尼·布洛克是最优秀的，但是他们就是不愿意出他要的价钱。我给他们挣了好几百万，可仍然是个笑柄。

昆　廷　也许我应当找温斯坦谈谈。

［向舞台后部一个地方走去。

玛　吉　（喊他）不行，别插手我这种肮脏的事业，你手里有重要的案子要办——

昆　廷　温斯坦，给她请来约翰尼·布洛克！（转向她，一场新的节目表演开始了）已经换了！现在再听！（她扑到他怀里。董事们离开，打手势祝贺）看见了吧？没有烦恼的理由了吧。

玛　吉　哦，谢谢你，亲爱的！

昆　廷　不管什么时候，你……你只要跟我说一声，我就去跟那些人谈判。

［音乐停止。

玛　吉　明白了吧？他们尊重你。问问路德维格·赖纳，你一走进试播室，我的声音就飞扬了！哦，我会成为一个好妻子的，昆廷。我只是有时感到心中不安，因为我……只能给你带来麻烦。可是，我希望自己的艺术日趋完善，而他们所感兴趣的只是能否从中发大财。

［懊丧地坐下。

昆　廷　说得完全对，亲爱的——所以你怎么能指望他们来维护你的自尊心呢？来，咱们为什么不去散散步呢？咱们还没有散过步呢。

［在她旁边坐下。

玛　吉　你爱我吗？

昆　廷　我敬慕你。我真心希望你能从生活中得到欢乐。

玛　吉　昆廷，我是一棵让人取笑的摇钱树。

昆　廷　不过，我感到这种状况有所改变——现在你有一个大乐队，有约翰尼·布洛克，有最出色的录音人员——

玛　吉　这是我力争的结果。你认为会有人来到我面前说，瞧，玛吉，你给我们赚了这么多钱，现在我们想进一步培养你，我们能帮你什么忙吗？

昆　廷　亲爱的，如果卖牛肉香肠能赚更多的钱的话，他们就会去干那一行的；你怎么能指望从他们那里得到爱护呢？

［略停。一种孤独感涌上她的心头。

玛　吉　可是，我又能指望什么呢？

昆　廷　（伤心地）玛吉，你怎么能这么说呢？

玛　吉　（站着，这时心里隐约感到一阵疑虑）我走进那次聚会现场时，你可没有搂着我。我觉得就跟一个普通的妻子什么的一个样儿！

昆　廷　不过，唐纳森正在说话，我——

玛　吉　那又怎么样？是我走进那间房间！是我雇的他，不是他雇的我！

［露易丝在上层高台的暗淡光亮中出现，在往脸上搓润肤膏。

昆　廷　可是，他在导演你的电视节目，我是对他表示礼貌。

玛　吉　别老觉得我使你丢脸，昆廷。我有权让他停止开那些有关我排演情况的下流玩笑。难道仅仅是因为他有教养吗？公众不是为了要看唐纳森，而是为了要看我才肯破费的。去问问路德维格·赖纳，了解了解我的身价！

昆　廷　玛吉，我已经跟你结婚，用不着去听路德维格对你的身价发表评论。

玛　吉　（诧异地看着他）可是，为什么——为什么你那么冷冰冰的？

昆　廷　我没有冷冰冰的，我只是想把事情解释清楚。

玛　吉　只要把我搂在你怀里，就用不着再解释了。（他拥抱她，吻她）不是这样。抱紧我。

昆　廷　（使劲拥抱她一下，然后松开）咱们去散步吧，亲爱的，来……

玛　吉　（消沉）怎么了？

昆　廷　没事。

玛　吉　不过，昆廷——你应当把我当作一个真实存在着的人来看待，应当像过去那样——出自内心的看待。

［玛吉走进暗处，碰到女仆，换上睡衣。

昆　廷　（独自一人）我打心眼里喜欢你，玛吉，我对不住你，再也不这样了。（露易丝下）永远不会啦！我没有想到你需要这么深的爱。既然我已经理解这一点了，今后就看我的表现吧；你的表演会震惊世界的！

［玫瑰色光线照耀在床上，玛吉穿着晨衣出现。

玛　吉　（指着前方）吃惊了吧？你喜欢吗？看见这种布置了吗？

昆　廷　噢，好看极了！你怎么想出来的？

玛　吉　你只要把门窗都关好，阳光就会使这张床变成玫瑰色。

昆　廷　（喜出望外，在床上拥抱她）是的，真漂亮！你瞧，一场争论未必一定带来灾难！哦，玛吉，我从来没很好理解什么是爱情！

玛　吉　（吻他）如果在白天，你也许想回家来，咱们也可以在白天亲热。（不再是软绵绵地坐着；缅怀地）譬如去年，还记得吗？冬天的那些下午？有一次，你头发上沾满了雪花。你看，我就是这么一个人，昆廷。

昆　廷　我明天下午就早点儿回家。

玛　吉　（半开玩笑似的）嘿，别净想好事！

［他大笑，可她又不理解地看着他，目光逼人，他的笑声消失。

昆　廷　怎么啦？亲爱的，我希望什么事也不要再遮遮盖盖的，告诉我，你有什么为难的事吗？

玛　吉　（摇摇头，凝视）我不是一个好妻子。我耽误了你这么多工作。

昆　廷　别这么说，亲爱的。我只说因为你——（尽量把问题说得缓和一些）——你流露出一股情绪，好像我对那次罚款问题没有跟电视台据理力争。是我努力争取了，结果才减到了两万块。你不演出，他们就百分之百有权罚款。

玛　吉　（火气上升）难道我就不能有病了？我就是病了！

昆　廷　我知道，亲爱的，问题是医生拒绝在证明书上签字。

玛　吉　（对他发火）我的腰痛，老天爷作证，我连站都站不起来！你不相信我，是不是？

昆　廷　玛吉，我只是跟你说说法律上的问题。

玛　吉　去问问路德维格你该怎么办！你本该去那里大闹一通！而不是文质彬彬地递上证明书——我本来一分钱也不用付的！

昆　廷　玛吉，你有一位出色的心理医生，路德维格是一位出类拔萃的导师，你碰到的每个陌生人都能回答各类问题。我已经用我百分之四十的时间来料理你的问题了，而不是只吹吹牛皮。

玛　吉　你没有用百分之四十的——

昆　廷　玛吉，我有记录，我的时间怎么用的，我心中有数！

[她异常伤心地瞥他一眼，朝站在舞台后部的秘书走去；秘书上时仿佛端着饮料；女仆拿着黑衣服朝他们走来，玛吉换衣服。

对不起，亲爱的。可是，在你说这种话的时候，我感到自己像个傻瓜。请不要再喝酒了。

玛　吉　咱俩本来就不应该结婚；我认识的每个男人都恨自己的妻子。我感到自己应该另雇一位律师。

昆　廷　（一人在舞台前部）亲爱的，为你花点时间我感到由衷的高兴，而且发现我的帮助使你的事业有所进展也是我最大的愉悦！

玛　吉　（一群公司董事正围着她）：但我去找路德维格的唯一原因，是想让自己变成你可以引以为傲的艺术家！你是第一个相信我的人！

昆　廷　那咱们还争论什么呢？咱们都需要同样的东西，你明白吗？（突然，对听者）那就是力量！它能改变一个人，能拯救一个人！

玛　吉　（从人群中走出，戴着读书用的眼镜）那是一位很出色的律师，他跟许多明星打过交道。他会给你打电话，要你把我的档案交给他。

昆　廷　（稍顿，感到伤了自尊心）好吧。

玛　吉　我这样做并不是跟你过不去。不过，像乐队那个姑娘，那个大提琴手——我的意思是安迪也受不了，但他本应当去那里把她开除。我是说一个歌唱家走了调的时候，你不应该笑。

昆　廷　不过，她说她只咳嗽了一声。

玛　吉　（大发脾气）她不是咳嗽，她是在笑我！

昆　廷　唉，玛吉。

玛　吉　如果她明天还在乐队里的话，我就不把那盘录音带录完！昆廷，我有权提出我的要求，昆廷——我用不着乞求自己的丈夫来维护我的权利。我要那个姑娘滚蛋！

［董事下。

昆　廷　我不懂乞求是什么意思。我已经从三个不同的乐队中开除了三个人了。

玛　吉　那又怎么样呢？你是我的丈夫。你应该这么办，不对吗？

昆　廷　然而，我不能对你要求开除人员这件事，装出心安理得的样子——

玛　吉　假如那是你的女儿，你就会发火，对不对？而不是替她道歉，对不对？

昆　廷　（想象）我猜我会的，会的。对不起，我明天一早就去办。

玛　吉　（热情洋溢地，走到他身旁，坐在台中央）我就是这个意思，如果我想办什么事，你就应当问自己为什么，为什么她要这么办，而不是为什么她不能这么办……这正是我愁眉苦脸的原因所在，我感到自己整天在想方设法让你明白。你像是一个小孩子，看不见人们暗藏的刀子。

昆　廷　亲爱的，生活并不是那么令人感到毛骨悚然。现在你有一个爱你的丈夫啦。

［略停。她看起来忐忑不安。

玛　吉　你母亲说我胖了，我便明白了自己的处境，而你却无动于衷。

昆　廷　可我又有什么办法呢？

玛　吉　不许她那样说，你做得到吧！

［秘书做端饮料上的样子，玛吉接过来。

昆　廷　可她想到什么就说什么，亲爱的——

玛　吉　她侮辱了我！她嫉妒我！

昆　廷　玛吉，她喜欢你，她为你感到自豪。

玛　吉　（这时离远了一些）你要让我怎么想呢？我发疯了吗？（昆廷走近她，企图消除隔阂）我没有疯！

昆　廷　（谨慎地）我从来没有这样想过，亲爱的。我……跟她谈谈。

玛　吉　哼，我再也不想见到她。如果她进这个家门，我就出去！

昆　廷　那我叫她道歉。

［秘书下。

玛　吉　明天我不去演出。（瘫倒在床上）

昆　廷　好吧。

玛　吉　（差点蹦起来）你心里明白这不“好”！他们控告我，把你吓了个半死，你为什么不说出来呢？

昆　廷　我没有给吓个半死，只是因为你的那场表演实在精彩，因此遗憾的是——

玛　吉　（怒气冲冲地坐起）你满脑袋里想的就是钱！别跟我说谎了！

昆　廷　（压制住心中怒火，冷静地）玛吉，别这样对我说话，行吗？

玛　吉　就当我粗鲁，说起话来像个卡车司机好了。嗯，我就是从他们那里出来的。我同情黑人，同情波多黎各人，同情卡车司机。

昆　廷　那你为什么还随便解雇人呢？

玛　吉　（眯缝着眼——又看他）瞧，你不需要我，那你还待在这儿干什么？

［父亲和丹上，站在比他们高一层的

台上。

昆　廷　我住在这里，你也住在这里，只不过你还没有意识到罢了。但是你会意识到的。我——

父　亲　他去哪里？我需要他！你是干什么的？

昆　廷　（没转向父亲）我在这里，要坚持到底，我就是这种人。有一天你会理解的。现在去睡吧。我要去溜达一下，十分钟就回来。

［他向外走，她站起来。

玛　吉　你要去哪儿散步？

昆　廷　就在住区附近。（她全神贯注地打量着他）没有别的人，宝贝儿；我就是想去溜达一下。

玛　吉　（十分疑心地）那你就去吧。

［父亲和丹下。

［昆廷走了几步，停下，回头看到她拿着药瓶，正在拧开盖儿。

昆　廷　（走回来）亲爱的，你刚喝了威士忌，不能再服安眠药了。（他伸手夺药，她藏起来，但他又抢过去，放进他的口袋里）上次就是这样出的事，千万不能再出事了，千万。我马上就会回来。

玛　吉　（这时她的声音透出醉意）你为什么穿那条短裤？（他转向她，感到情况不妙）我跟你说过，那太紧了。

昆　廷　嗯，是做得太紧了，可穿着它散散步没问题。

玛　吉　我告诉过你，男同性恋才穿这种短裤。他们用自己的屁股引诱对方。

昆　廷　那照你这样说，我是个同性恋了。

玛　吉　（酩酊大醉）我正巧认识同性恋，他们当中一些人甚至不知道自己是……我不知道你是否听说过这种事。

昆　廷　这就是你聊以自慰的好办法，玛吉。

玛　吉　（步履有些蹒跚）不管我看到什么，都有权说说！

昆　廷　你想要我把你扔出去吗？有没有这个意思？只有那样生活才会变得真实吗？

玛　吉　（指着他，顺着他的意思说）那到底是什么意思？强硬呢，还是沉默？我是说那是什么意思？

［她绊了一跤，倒下。他没去搀扶她。

昆　廷　（在她身边站着）我现在走了，好不好？那就真实了，是不是？（他气呼呼地把她拉起来）你要的就是这样吗？

［她甩开他的手，向前倒去；他一把抓住她，粗暴地把她放到床上去。

玛　吉　从哪方面说起呢？你为什么还不快滚？（再次挣扎着站起）你要一直等到我老吗？你知道另一个出租汽车司机今天对我说什么？“我给你五十块……”（禁不住失声恸哭，显出绝望、病态和矛盾的心理）你知道，对一个出租汽车司机来说，要挣五十块钱是多么不容易吗？（她的痛苦感化了他，他的怒气也随之化为乌有）走吧，你可以走了。瞧，我能朝前直着走啦，嗨，看见了吗？（走动时伸开双臂，一脚在前，一脚在后）这究竟是什么意思，呃？我是说，你想跳舞吗？你想跳舞吗？（她气喘吁吁，打开唱机，围着他跳起摇摆舞来）我要问你想要什么？这是什么意思？

昆　廷　别这样。（抓住她，把她按倒在床上）

玛　吉　你一直要等到我白发苍苍吗？还是为了别的什么目的？我要问这是什么意思？这是什么意思？

［她躺在那儿，气喘吁吁。他盯视着她，

坐在床边，对听者。

昆　廷　人们有一种爱是无限的，不均衡而又盲目，既感觉不到凌辱，也感觉不到肉中刺，就像盲目的正义，就像……

［费莉丝在他背后出现，他已经举起双臂，父亲上，倒在椅子里。

母亲的声音　（在远处）白痴！

［十来个人在二层高台上出现，站在地铁站台上刺眼的白色灯光下，有的人在读报。除他们之外，米基和卢从两边上，彼此走近对方。

玛　吉　（趔趄急下）我要问，你为什么不走开？

昆　廷　（放下两臂，大声对听者）可是你凭谁的名义翻脸不认人？

米　基　卢，咱们一起去说出那些人的名字吧！卢！

［卢目不转睛地瞪着昆廷，走上站台，站台上有一些人在等车。

昆　廷　我看清楚了——你是以谁的名义翻脸不理人的！我见过一次，见过那个名字！

[听到列车进站的声音，卢跳下；顿时响起急刹车和齿轮磨擦发出刺耳的尖声。

卢　昆廷！昆廷！

[大家都瞪着昆廷，然后盯视“轨道”。人们嗡嗡地议论起来。昆廷的双手像老虎钳那样紧捏着自己的脑袋。瞭望塔变亮，这时……母亲穿着战前的衣服上，手拿着帆船模型，像以前那样弯腰对着“浴室的门”。

昆　廷　以谁的名义呢？你盯视着一张你自己喜欢过的面孔，而现在你已经不存在了，你走了绝路，你这样做是以谁的血淋淋的名义呢？一定有个人，这……

母　亲　（对着“浴室”）昆廷？昆廷？

昆　廷　呃？（急朝她走去，但是提心吊胆）

母　亲　看，我们从大西洋城，从海滨那条木板路那儿给你买来了什么玩艺儿！

[人们从地铁站台上上下下，一股人流挤得他团团转。母亲下。月亮徐徐升

起，月光洒在码头上。

昆　廷　在大西洋边，在那个别墅里，一天晚上，最后一个晚上。

［玛吉穿着弄破了的轻便晨衣，手里拿着一个酒瓶，蓬乱的头发垂到脸上，蹒跚地朝码头边沿走去，听到波浪的撞击声，站住。玛吉又朝岸边歪过去，他冲上前去，一把抓住她。玛吉转身，他们拥抱。这时，从住宅里面传出娓娓动听的爵士音乐。

玛　吉　昆廷，有人爱着你，没有谁能像你这样被人痴爱着。

昆　廷　（松开她）卡丽告诉你我打过电话了吗？我乘坐的飞机整整一天没有起飞——

玛　吉　（醉醺醺地，但神志还算清醒）我正要自寻短见呐，（他沉默不语）这你也不信吗？

昆　廷　（镇静而冷淡地，但没有敌意）我救过你两次了，还有什么不信呢？（他走近她）这里的湿气对你的嗓子不好，你不应该站在这儿。

玛　吉　（执拗地坐下，耷拉着两腿）你去哪儿了？

昆　廷　（朝舞台后部走去，脱上衣）我跟你说过，去芝加哥了，去哈撒韦房地产办事处。

玛　吉　（冷笑一下）房地产！

昆　廷　嗯，我在拯救世界之前，先得挣钱养活自己。（脱去上衣，放到衣柜箱上，坐下，脱掉一只鞋）

玛　吉　（从码头上）你听见我跟你说话了吗？

昆　廷　听见了，我不到那边去，太潮了，玛吉。

[她瞟他一眼，站起来，摇摇晃晃地走进房间。

玛　吉　今天我没去排练。

昆　廷　我猜你也没去。

玛　吉　我给电视台打了电话，说我不想演完那个无聊的节目啦。我是一个艺术家！不管你签过什么合同，我都不一定非演那些无聊节目不可！

昆　廷　我累了，玛吉。我去客厅睡。晚安。（站起，朝舞台后部走去）

玛　吉　这是什么意思？

［稍停。他从出口处转身，朝她回头。

昆　廷　我被解雇了。

玛　吉　你没有被解雇。

昆　廷　我没有想到你会如此认真看待这个问题，至少在我看来是如此。我现在无论做出什么决定，内心都好像在发笑。

玛　吉　这是我的过失吗，呃？

［稍顿。然后，他下定决心。

昆　廷　瞧，亲爱的，咱们既用不着怨天尤人，也用不着为自己辩护。今天下午，我……跟你的医生谈过话了。

玛　吉　（愣住了，疑虑重重）谈了什么？

昆　廷　玛吉，你想自杀，我真感到束手无策。可我觉得，我总怀着一种你会突然从这种没完没了的邪念中挣脱出来的希望，但是，只有一个希望，亲爱的——你必须正视自己的现实。

玛　吉　你要把我送到别处去，是吗？

昆　廷　你的医生今天晚上要乘飞机到这儿来，你跟他商量决定吧。

玛　吉　你休想把我送到别的地方去。（她拧开药瓶）

昆　廷　你需要有人照顾，玛吉。（她吞服药片）趁你现在还听得见的时候，听我说几句话。如果你今天晚上再闹出事的话，我就要叫救护车来。我再也没有勇气独自应付这种局面了。玛吉，我也没法对报界封锁你的消息；你一旦入院，就成了头条新闻。（她举起威士忌酒瓶喝）玛吉，你应当考虑你这样做的后果。（她喝威士忌酒）好吧，我要告诉卡丽，让她一看到苗头不对的时候，就马上叫救护车来。我去旅馆睡。

［拿起他的上衣。

玛　吉　别到旅馆去睡！

昆　廷　好，好，你得把那个东西扔了，睡觉去。

玛　吉　（生怕他离开，尽量拂平她那乱蓬蓬的头发）你能……待五分钟吗？

昆　廷　行。

［回来。

玛　吉　你想把这个药瓶拿去就拿去吧。我再也不吃它了。

［把药瓶放在他面前的床上。

昆　廷　（身不由己地拿起来）我不需要它。

玛　吉　你还记得你跟我聊天，一直聊到我进入梦乡吗？

昆　廷　玛吉，有一次，我在黑洞洞的房间里坐在你身边守着你，一气坐了好几天，坐了好几个星期，我事务所里的人到处找我，找得好苦——

玛　吉　不，你对我没有那种耐心了。

昆　廷　（略停）是，你说得对。

玛　吉　这么说来，你撒谎了，是吗？

昆　廷　对，我撒过谎，天天在撒谎。我们都是独立的人。我一度努力争取不撒谎，但是到头来，一个人是——一个独立的个体。我也要生存，亲爱的。

玛　吉　那你要把我送到什么地方去呢？

昆　廷　（努力克制）这个问题，你跟你的医生商量吧。

玛　吉　可是，如果你爱过我……

昆　廷　但是，你又怎么知道，玛吉，除了我的名字之外，你还知道我是个什么样的人？我是世上一切罪孽的化身，不是吗？象征着所有的背信弃义，象征着种种破灭了的希望，象征着骇人听闻的报复，不是吗？（她朝手心里倒药片，他站起来。他的声调带有恐惧）一个人自杀就等于杀死两个人，玛吉，这就是一个人自杀造成的结果！因此，我要离开这里，这样一来，也许你的自杀便会失去意义。（他果断地迈步离开。她躺倒在床上，突然呼吸紧促起来。他向正坐在暗处祷告的卡丽走去）卡丽！

玛　吉　昆廷，拉撒路是什么人？

［他停步，她四下找他，不知道他已经离开。

昆廷？

［她没有看见他，从床上下来，吃一惊……

昆？

［他退回来几步。

昆　廷　在《圣经》中，耶稣使他死而复生。现在去睡吧。

玛　吉　那能证明什么问题呢？

昆　廷　信念的力量。

玛　吉　那些没有信念的人，又会怎么样呢？

昆　廷　他们只需要有意志。

玛　吉　可你怎样才能有意志呢？

昆　廷　你要有信念。

玛　吉　给我拿几个苹果来。（她躺下，稍停）我还要些奶油泡芙。我的生日礼装呢？如果我表现得好？妈妈？我需要母亲。（她坐起，像在梦境中一样，四下环顾，转身看见了他）你为什么站在那儿？（她下床，朝他走来，盯住他的脸；她富有表情地）你——你想听音乐吗？

昆　廷　好吧，你躺下，我来放音乐。

玛　吉　不用你，你坐下。把鞋脱了，我的意思只是让你休息一下。什么也用不着你干。（她趔趄着走到留声机旁边，打开它，爵士乐响起。她想放声歌唱，忽然完全清醒过来）我睡着了吗？

昆　廷　我想你睡着了一会儿。

玛　吉　（惊恐万状，朝他走来）是——是我的——是有人来过这儿吗？

昆　廷　没有，就我自己。

玛　吉　有烟味儿，是吗？（她大叫一声，抓住他，他紧抱着她）

昆　廷　你母亲早已去世，亲爱的。她再也伤害不了你了，还怕什么？

玛　吉　（他搀她回到床上时，她用孩子般无可奈何的声调说）你想把我弄到哪里去？

昆　廷　（胸脯一起一伏，快要哭了）哪里也不去，亲爱的——由医生来跟你做出决定。

玛　吉　明白吗？我要躺一会儿。（躺下）明白吗？（莫名其妙地深吸一口气）你——如果想把药拿走，就拿走吧。

昆　廷　（站起来，犹豫一下，抬腿走开）我叫卡丽来把药拿走。

玛　吉　（从床上滑下来，朝他举着瓶子）不，药不能给卡丽，只能给你，你拿着。

昆　廷　你为什么要我拿着？

玛　吉　（递过去）给你。

昆　廷　（稍顿）玛吉，你看见了吧。就是现在，你不是要把我弄成迫害你的人吗？我把药夺过来，然后，咱们就会打起来，最后我让步，经我的手造成你的死亡。你身上有一股力量要使我陷入谋杀的圈套。你意识不到吗？（后退）现在我还是走为上策，这样你也不会成为我的受害者了。这种局面正是你自己，正是你自己亲手造成的。

玛 吉 你需要一个快乐的婊子，对不对?

昆 廷 不是一个婊子，不过快乐的倒需要。我不想惹太多的麻烦。

玛 吉 然而，耶稣想必爱上了她，对不对?

昆 廷 谁?

玛 吉 拉撒路?

［稍停。他观察，在幻觉中探索。

昆 廷 说得对，对！上帝……很爱她，才使她复生。可他是上帝，明白吗……上帝的力量来自无穷无尽的爱。不过，当一个人敢于寻求爱时……他也正是在寻求力量。任何一个人用无穷无尽谎言的爱来拯救别人，都是在给上帝抹黑，上帝代表存在的事物，上帝就是上帝，谁阻挡另外一个人寻求真理，他就不是一个热爱别人的人，他是……（顿住，茫然若失，凝视着，转身求助玛吉，给他以启发）于是她说了。（回到玛吉身旁，大声说话，以唤起她注意）于是她说了！

玛 吉 我还能听见你在说话，从内心里，昆廷？我亲爱的？我听得见你说话！告诉我，出了什么事啦！

昆　廷　（蓦地眼泪夺眶而出）玛吉，咱们……彼此利用了对方！

玛　吉　不是我，不是我！

昆　廷　就是你和我，“为了生存”，我们大声疾呼，为了“现在”，我们大声疾呼。咱们都爱慕对方的清白，好像满怀热情热爱不存在的事物，就会掩饰存在的现实。但是恰恰有一位天使，不分昼夜地把咱们想要抛弃的东西给送回来。而你还必须热爱他，因为他使现实存在于人间。你吞服那些药，让自己变得盲目，但是你只要说“我一贯残酷无情”，这个阴森森的房间就会敞开大门。你只要说：“我受尽了欺凌宰割，可我对别人也同样穷凶极恶，还在公开场合骂我丈夫是白痴；尽管我宽宏大量，却也自私透顶；一大帮人伤害了我，我却跟我的迫害者进行了合作——”

玛　吉　（怒不可遏）狗娘养的！

昆　廷　我满腔怒火；我——玛吉，热爱丰富多彩的生活——可我憎恨这个人间！

玛　吉　滚出去！

昆　廷　憎恨女人，憎恨男人，憎恨那些不愿拜倒在我脚下，永远赞扬我拥有无限的爱的人！然而任何药也不能使我们清白无辜。把它们扔进大海里去吧，把它们扔进大海里去吧，把你想死的念头扔进大海里去吧。做那最难做的事——含恨而生吧。

玛　吉　你憎恨什么呢？你知道我什么时候就想寻短见吗？那是在我读了你写的东西之后，小伙子，是在咱们结婚两个月之后，小伙子。

昆　廷　咱们应该实事求是些——你对我说过，早在你认识我之前，你就试图寻过死。

玛　吉　不过，你不在场吧，呃？我当时并没有遇见你，你这个懦夫！你恨的是什么！（向前移动）我嫁给了一个国王，你这个狗娘养的！有一次，我找自来水笔给人签名留念。那儿是他的办公桌——（她现在对假想存在着的正义力量诉说自己受到的伤害）——还有一把空椅子，他就坐在这儿考虑如何帮助人们。这里有他亲笔写的几句话。（她几乎是一字一句地对着空中念，依然像当初那样惊恐失色）"只有我的女儿，才是我唯一热爱着的人。我多么希望能够找到一条光明磊落地死去的途径。”（这时转向他）你什么时候才敢承认这一事实，法官先生？你还记得我昏倒的情景吗？不就是倒在这块新地毯上吗？就是那次把我害苦了，法官先生，对不对？（她蹒跚着朝他走去，打量着他的面孔）对不对？

昆　廷　（稍停）好，你把药放回去，我就给你讲实话。

玛　吉　你用不着再讲实话了。

[他使劲扳她那只朝药瓶伸过去的手，牢牢地抓住她的手腕。

昆　廷　（支吾地）咱们会弄明白的。先把药放回去，咱们会弄明白的。

[她听任他把药装进去，可她坐在床上，两手紧抱着药瓶。

玛　吉　（深吸一口气）撒谎的家伙。

昆　廷　（内心惭愧，精神紧张）咱们第一次宴会是在家里举行的，一些大人物，电视台负责人，导演——

玛　吉　你觉得我给你丢了人。现在打开窗子说亮话吧！你仍然在扮演上帝：正是这种做法害苦了我，昆廷！

昆　廷　你愿意说什么就说什么好了。我没有……感到丢脸，只是……有点担心。（略停）我不敢肯定他们当中是不是会有人……跟你有过瓜葛。

玛　吉　（大吃一惊）可那些人我一个也不认识！

昆　廷　（没看她）我向你发誓，我确实想象不出究竟什么东西会使我感到丢人。可是，这已经太晚了。我已经写了那些话，我跟其他背弃了你的人一样，永远也别再想得到你的信任。

玛　吉　（怨天尤人的心情跟对过去生活的伤感交织在一起，哭泣）你为什么要写那封信？

昆　廷　因为客人走后，你忽然转向我，骂我态度冷淡，待人疏远，那是我第一次看到你那种目光——上当受骗似的，大喊大叫，说我使你感到自己好像不存在——

玛　吉　不要把我跟露易丝搅和到一块儿。

昆　廷　说得好。我原本可以把同样的指责指向两个性格完全不同的女人——可这真把我困住了。我想面对那种我想象得到的最糟糕的事——我爱无能。我就把它写了下来，就像是一封地狱来信。

[她把手举到嘴边，他一步跨过去，抓住她的手腕。

你已经吞服不少了，还想干什么？

[她看着他，眼睛里露出不可捉摸的神情。

玛吉，咱们两个人生来就有许多过失，一个人不得不原谅自己！咱们哪一个也不清白。你还想追求什么？

[她一下子冷静下来，躺在床上。敌对情绪好像也已消失。

玛　吉　爱我吧，帮助我，别再吵架啦。（他在床边晃来晃去，心中苦恼）咱们把那座沙丘铲平，花不了多少钱。我希望咱俩在这儿同枕相爱的时候能听到海洋的声音，咱们还从来没有听到过呐。

昆　廷　咱们都快破产了，玛吉，沙丘能保护这座房子的屋顶不被风刮走。

玛　吉　那你就再改建一个新屋顶。我觉得冷飕飕的，躺在我身边吧。

昆　廷　我没法再这样下去了，至少在你眼下处于这种情况下，更不行。

玛　吉　躺到我睡着再走开！

昆　廷　（大声）玛吉，这是一种嘲弄，别让我为难。

玛　吉　讲点人道嘛！我冷得受不了！

［他压抑着心中的厌恶，躺在她身边，但是把头歪到一边。略停。

只要你不跟我吵架，我就再让你做我的律师，好吗？你不能不争吵吗？路德维格就不争吵。（他默不作声）别老说咱们破产了，好吗？沙丘的事呢？（他脸上越来越现出彻底崩溃的痛苦表情）因为我喜欢海洋的声音，她像一位慈母——嘘，嘘，嘘。（他站起，瞧着她。她两眼闭着）现在你好点了吗？

［她深吸一口气。

［他悄悄伸过手来，要夺药瓶；她紧握着药瓶。

昆　廷　你要的不再是我的爱情，是我的毁灭！但是，你休想害死我，玛吉。我要那些药，我不想跟你打架，玛吉。现在把药放到我手里。

[她看他一眼，倏地将一把药塞进嘴里，尽管他打掉了一些——不过，她也吞了不少。他去夺药瓶，她就是抓住不放，他使劲揪，把她也拖倒在地板上，用劲掰开她的手，这时也不知她从哪里来的一股蛮劲，控制不住自己，朝他乱撕乱打，抓他的脸。他抓住她的手腕，用两只拳头使劲逼她放下药瓶。

放下，你这个婊子！你害不死我！

[她继续握着不放，他突然用手卡住她的喉咙，一把将她提起来。

你休想害死我！你休想害死我！

[她丢下药瓶，这时好像是从遥远的地方，母亲冲向“浴室门”，一只手拿着玩具帆船，大声喊。

母　亲　亲爱的，开开这个门！我没有骗你！

[昆廷从玛吉身旁跑开，玛吉倒在地板上，她双手张开，举在空中。

[母亲继续不停地说下去。

昆廷，你为什么在里面放水？（她惊恐地从“门口”后退）你再那样做，我就寻死去了！你出生的时候，我看到一颗星星——人间的一盏明灯，一盏明灯。

［他站在那里呆若木鸡，母亲正巧退到他的手边，他的手本能地开始掐她的脖子。她瘫倒在地，气喘吁吁。他吓得直向后退。

昆　廷　谋杀？

［玛吉用手支撑着跪起来，上气不接下气。他明白过来时，吓得魂不附体。他急忙跑上前去搀扶她，她使劲抽打他，她用一支胳膊支撑着，抬头看着他，冷笑着，眼里露出胜利的光芒，同时由于恐惧而显得凶狠。

玛　吉　现在咱俩都明白了，你在设法害死我，先生。许多人害过我，有的人，我连名字都叫不上来，但他们都是一丘之貉，先生。弗兰克，在一张冗长的名单上，你是最后一名。

[他好像有意避开这种指摘而再次伸出手去搀扶她，她惊恐万状，躲到另一边去。

离远点！……不！不——不！弗兰克。别动手。（小心翼翼地，像是面对一只咆哮的吃人的野兽）看你敢动手……如果你胆敢动手，我就要叫昆廷啦。（她朝别处瞥一眼，轻声地喊，但一直盯着他）昆廷！昆——

[她倒下，失去知觉地瘫在地板上，呼吸沉重，十分不正常。他马上走上前去，把她翻转过来，让她仰卧，以便进行人工呼吸，他刚要下手，但又站起，朝舞台后部喊叫。

昆　廷　卡丽？卡丽？（卡丽上，好像也是最后一次见面似的）快！快打电话叫救护车！别耽误时间！叫救护车！

[卡丽下。他瞧着玛吉，对听者说。

不用了——不用了，我们自己救过她，救得正是时候。她的医生告诉我，她度过了几个月好日子；他甚至一度认为她好转了。只有上帝才知道，除非他也爱上了她。（差一点笑出来，又忍住，走到码头上）喂，我还要说说。我来这里就是要说话的。巴比土酸盐使人窒息，征兆就是叹气——使膈膜麻痹。我曾经在那个码头上站过。（他抬头仰望）所有的星星依然如故，依然吉星高照！她那宝贵的时刻像虫子那样在我手心里蠕动，我听见啦，那不自然的呼吸声正像我未来平静的脚步声——我明白……我需要它们。我爱过这位姑娘——这怎么可能呢！

［卢、米基、父亲、丹、卡丽和费莉丝从不同的地方上场。露易丝出现。

总要有个名义——是啊——要有个名义！你凭谁的名义翻脸不理睬人呢……（他向外看着观众）……只能凭你自己的名义吧。凭昆廷的名义！总是凭你自己那血淋淋的名义，翻脸不理睬人！

［霍尔佳在上层高台上出现。

霍尔佳　但是，那些没杀人的人也不再清白！

昆　廷　可是，爱，光有爱就够了吗？什么样的爱，什么样的怜悯才能使人达到这种理解呢——我知道怎样杀人吗？……我知道，我知道——不管怎么说，她命中注定了毁灭。但是，这能得到解救吗？也许对任何一个人来说——（他转向瞭望塔，朝前走去，像是朝一尊可怖的神走去）——这并不古怪……而我也并非孤独一人，活着的人都想做这个地方唯一幸存下来的人，而不想做壮烈遇难的人，是不是？可什么才是解救的办法呢？一旦站在这座累累骷髅堆积起来的山上，谁还能说自己清白无辜呢？我要告诉你，我知道的事！我的兄弟们就是在这里遇难的……（他从瞭望塔上看着倒下去的玛吉）……然而，这地方却是我的弟兄们自己修建起来的；我们曾经用心开凿这些石头！但是，什么才是解救的办法呢！……不，不是爱；我曾经爱过他们，爱过他们所有的人！却心甘情愿地把他们送交给失败和死亡，以使自己得以生存，正像他们送给我一句话、一个眼神、一出骗局、一句实话、一句谎言那样，正像他们相互之间也如此厌憎那样，而且还说是全都出自挚爱呐！

霍尔佳　喂！

昆　廷　可是，怎样才能保护她呢？（朝霍尔佳大声说）那个抱有希望的女人！

［她镇定地站着，坚定果断，意识到他的和她自己的苦衷。

也许……（颇有感触地，对听者）……正是因为她洞察秋毫，她才抱有希望吗？她知道那些燃烧着的城市的熊熊烈火教导了她，爱的灭亡教导了我——以至于我们都成了很危险的人物！（凝视着，看到自己的幻觉）这正是我为什么每天早晨醒来都觉得像孩子一样——就是现在，就是现在也还是这样！我向你保证，我会敢于重新热爱这个人间的！是否有了这种认识就足够了呢？认识到，甚至高兴地认识到，我们并没得到祝福而相会，这种相会是发生在人类堕落之后①，发生在许许多多人死亡之后，而且不是在那么一个水果是蜡制的、树木是绘制的、虚假的伊甸园里。难道有了这种认识就足够了吗？人间那种杀人的恶念，还从来没有被消灭掉呢，但是人们也许会在那种恶念出现时拿出非凡的勇气正视它，用爱心这一着——就像对待家

① 指基督教中亚当受诱惑吃禁果后堕落人间。

里一个白痴那样——予以宽恕；然而就这样一而再，再而三……永远这样宽恕下去吗？

［显而易见，他的话被听者打断。

不，这不确切，我不这么看。但是，对此也用不着害怕，这倒确实像是行得通的。也许这才是一个人应有的勇气。我将对她这样说……对，她一定会明白我这个意思的。

［他转向舞台后部，迟疑一下。那些跟他有关的人都面对着他。他朝露易丝走去，停下；但是她扭过脸去。他继续走，停在母亲身旁，后者站在那里流露出令人无法理解的悲伤；他做手势，好像抚摸到了她，她抬起头看他一眼，微笑一下，他也回笑一下。他又停在垂头丧气的父亲和丹身边，只一抬手，就神奇地让他们站了起来。费莉丝正要举手祝福——他过去跟她握手，制止了她那种奴役般的动作。他从米基和卢身边走过，又转过身来

对着玛吉；她从地板上站起来，像是被恶魔缠住，竭力在挣扎着想清醒过来。他一边思考着自己一生的经历，一边朝霍尔佳走去，她像是看见了他，举起一只手，满怀激情地……

霍尔佳 你好！

［他在离她几码远的地方站住，接着又伸出一只手，朝她走去。

昆　廷 你好。

［他跟她一起离开，所有的亲友尾随在后，异常活跃，喃喃低语。灯灭，他们全都消失。

——幕落·剧终

Arthur Miller
AFTER THE FALL

图字：09－2018－1300 号

图书在版编目(CIP)数据

堕落之后/(美)阿瑟·米勒(Arthur Miller)著；郭继德译. —上海：上海译文出版社，2020.7(2024.2 重印)
(阿瑟·米勒作品系列)
书名原文：AFTER THE FALL
ISBN 978－7－5327－8355－7

Ⅰ.①堕… Ⅱ.①阿…②郭… Ⅲ.①话剧—剧本—美国—现代 Ⅳ.①I712.35

中国版本图书馆 CIP 数据核字(2020)第 075672 号

堕落之后 After the Fall	Arthur Miller 阿瑟·米勒 著 郭继德 译	出版统筹 赵武平 责任编辑 王 源 装帧设计 周安迪

上海译文出版社有限公司出版、发行
网址：www.yiwen.com.cn
201101 上海市闵行区号景路159弄B座
杭州宏雅印刷有限公司印刷

开本 787×1092 1/32 印张 7 插页 5 字数 73,000
2020 年 8 月第 1 版 2024 年 2 月第 3 次印刷

ISBN 978－7－5327－8355－7/I·5121
定价：58.00 元